Translated Language Learning

Alices Abenteuer im Wunderland

Las Aventuras de Alicia en el País de las Maravillas

Lewis Carroll

Deutsch / Español

Runter in den Kaninchenbau
Por la madriguera del conejo

Alice fing an, sehr müde zu werden
Alicia empezaba a cansarse mucho
Sie saß neben ihrer Schwester auf der Grasbank
Estaba sentada junto a su hermana en el banco de hierba
aber sie hatte nichts zu tun
Pero ella no tenía nada que hacer
Ihre Schwester las ein Buch
Su hermana estaba leyendo un libro
Ein- oder zweimal schaute Alice in das Buch
una o dos veces Alicia echó un vistazo al libro
aber das Buch enthielt keine Bilder oder Gespräche
Pero el libro no contenía imágenes ni conversaciones
"Was nützt ein Buch ohne Bilder?", dachte Alice
«¿De qué sirve un libro sin imágenes?», pensó Alicia
"Warum sollte ein Buch keine Gespräche führen?"
"¿Por qué un libro no tendría conversaciones?"
Aber sie hatte noch andere Dinge zu bedenken
Pero tenía otras cosas que considerar
"Es wäre ein Vergnügen, eine Kette aus Gänseblümchen zu

machen"
"Hacer una cadena de margaritas sería un placer"
"Aber lohnt es sich, aufzustehen und die Gänseblümchen zu pflücken??"
"¿Pero vale la pena el esfuerzo de levantarse y recoger las margaritas?"
Das war nicht so leicht zu denken
No era tan fácil pensar en esto
weil sie sich an diesem Tag schläfrig und dumm fühlte
porque el día la estaba haciendo sentir somnolienta y estúpida
aber plötzlich wurden ihre Gedanken unterbrochen
Pero de repente sus pensamientos se vieron interrumpidos
ein weißes Kaninchen mit rosa Augen lief dicht an ihr vorbei
un conejo blanco de ojos rosados corrió cerca de ella

Es war nichts übermäßig Bemerkenswertes an dem Kaninchen
No había nada demasiado notable en el conejo
und Alice fand das Kaninchen auch nicht bemerkenswert
y Alicia tampoco pensó que el conejo fuera notable

auch überraschte es sie nicht, als das Kaninchen sprach

ni le extrañó que el Conejo hablara

»O je! Ich werde zu spät kommen!« sagte er zu sich selbst

"¡Oh, Dios mío! ¡Llegaré demasiado tarde!", se dijo a sí mismo

aber dann tat das Kaninchen etwas, was Kaninchen nicht tun

pero entonces el Conejo hizo algo que los conejos no hacían

das Kaninchen zog eine Uhr aus der Westentasche

el Conejo sacó un reloj del bolsillo de su chaleco

Er schaute auf die Uhr und eilte dann weiter

Miró la hora y luego se apresuró a seguir adelante

Alice erhob sich erstaunt

Alicia se puso en pie, asombrada

Sie hatte noch nie zuvor ein Kaninchen mit Weste gesehen!

¡Nunca antes había visto un conejo con chaleco!

noch hatte sie je ein Kaninchen mit einer Uhr gesehen!

¡Tampoco había visto nunca un conejo con reloj!

Alice brannte vor neuer Neugierde

Alicia ardía con una nueva curiosidad

und sie rannte über das Feld hinter dem Kaninchen her

y corrió por el campo tras el Conejo

Sie kam gerade noch rechtzeitig, um das Kaninchen verschwinden zu sehen

Llegó justo a tiempo para ver desaparecer al conejo

Das Kaninchen hüpfte in einen großen Kaninchenbau hinab

El conejo saltó a una gran madriguera

Im nächsten Augenblick stürzte Alice hinter dem Kaninchen her!

¡En otro momento, Alicia bajó detrás del conejo!

Der Kaninchenbau ging geradeaus wie ein Tunnel

La madriguera del conejo seguía recto como un túnel

und der Tunnel ging noch eine Weile weiter

Y el túnel siguió avanzando a cierta distancia

und dann senkte sich der Weg plötzlich hinunter

Y entonces el camino de repente se hundió

Alice hatte keinen Augenblick, daran zu denken, ob sie sich zurückhalten sollte

Alicia no tuvo ni un momento para pensar en detenerse
Sie fiel hin und hinunter und hinunter
Se encontró a sí misma cayendo y abajo y abajo
Es schien, als sei sie in einen sehr tiefen Brunnen gefallen
Parecía como si hubiera caído en un pozo muy profundo
Entweder war der Brunnen sehr tief, oder sie fiel sehr langsam
O el pozo era muy profundo, o ella caía muy lentamente
denn sie hatte viel Zeit zum Fallen
porque tenía tiempo de sobra para caer
Als sie fiel, konnte sie sich umsehen
Mientras caía, podía mirar a su alrededor
Zuerst versuchte sie herauszufinden, wohin sie ging
Primero, trató de averiguar a dónde iba
aber der Brunnen war zu dunkel, um etwas zu sehen
Pero el pozo estaba demasiado oscuro para ver nada
Dann blickte sie auf die Seiten des Brunnens
Luego miró a los lados del pozo
Und sie bemerkte, dass überall um sie herum Schränke standen
Y se dio cuenta de que había armarios a su alrededor
und rings um den Brunnen waren Bücherregale
y alrededor del pozo había estanterías de libros
Hier und da sah sie Karten und Bilder, die an Pflöcken hingen
Aquí y allá veía mapas y cuadros colgados de perchas
Im Vorbeigehen nahm sie ein Glas aus einem der Regale
Al pasar, bajó un frasco de una de las estanterías
Das Glas wurde für seinen Inhalt gekennzeichnet
El frasco estaba etiquetado por su contenido
"MARMELADE AUS ORANGEN"
"MERMELADA DE NARANJAS"
Aber zu ihrer großen Enttäuschung war das Marmeladenglas leer
Pero, para su gran decepción, el frasco de mermelada estaba vacío
Sie wollte das leere Marmeladenglas nicht fallen lassen

No quería dejar caer el tarro de mermelada vacío
und ihr Fall war sehr langsam
y su caída fue muy lenta
So schaffte sie es, das Marmeladenglas in einen der Schränke zu stellen
Así que se las arregló para poner el frasco de mermelada en uno de los armarios
Nieder, hinunter, hinunter fiel sie!
¡Abajo, abajo, abajo, ella cae!
Würde der Fall jemals ein Ende haben?
¿Llegaría alguna vez la caída a su fin?
Es gab nichts anderes zu tun
No había nada más que hacer
so fing Alice bald an, mit sich selbst zu reden
así que Alicia pronto empezó a hablar consigo misma
»Dinah wird mich heute abend sehr vermissen, sollte ich meinen!«
—¡Dinah me echará mucho de menos esta noche, creo!
Dinah war Alices Katze
Dinah era la gata de Alicia
»Ich hoffe, sie werden sich an ihre Untertasse mit Milch zur Teezeit erinnern.«
"Espero que se acuerden de su plato de leche a la hora del té"
»Dinah, meine Liebe, ich wünschte, du wärst hier unten bei mir!«
—¡Dinah, querida, desearía que estuvieras aquí abajo conmigo!
Alice fühlte, als würde sie einschlafen
Alicia sintió que se estaba quedando dormida
Und dann plötzlich, dumpf! Bums!
Y de repente, ¡pum! ¡golpe!
Sie fiel auf einen Haufen Stöcke
Cayó sobre un montón de palos
und sie landete auf einem Haufen trockener Blätter
y aterrizó sobre un montón de hojas secas
Und endlich war der lange Sturz in das Loch vorbei
Y finalmente la larga caída por el agujero había terminado

Alice war kein bisschen verletzt
Alicia no estaba herida en lo más mínimo
und sie sprang in einem Augenblick auf
Y se levantó de un salto en un momento
Sie blickte auf, aber es war alles dunkel über ihr
Alzó la vista, pero todo estaba oscuro sobre su cabeza
Vor ihr lag ein weiterer langer Korridor
Frente a ella había otro largo pasillo
und das weiße Kaninchen war noch in Sicht
y el Conejo Blanco seguía a la vista
Er eilte den Korridor hinunter
Corría por el pasillo
Es war kein Augenblick zu verlieren
No había un momento que perder
davonlief Alice wie der Wind
Alicia salió corriendo como el viento
um die Ecke drehte sich das Kaninchen
A la vuelta de la esquina giró el conejo
Sie kam gerade noch rechtzeitig, um das Kaninchen zu hören
Llegó justo a tiempo para oír al conejo
"Oh, meine Ohren und Schnurrhaare"
"Oh, mis orejas y bigotes"
"Wie spät es wird!"
"¡Qué tarde se está haciendo!"
Sie war dicht hinter dem Kaninchen
Estaba muy cerca del conejo
Sie bog um eine weitere Ecke
Dobló otra esquina
aber das Kaninchen war nicht mehr zu sehen
pero el Conejo ya no se dejaba ver
Sie befand sich in einer langen, niedrigen Halle
Se encontró en un pasillo largo y bajo
Der Saal wurde von einer Reihe von Deckenlampen erleuchtet
La sala estaba iluminada por una hilera de lámparas de techo
Überall im Saal gab es Türen

Había puertas por todo el pasillo
aber alle Türen waren verschlossen
pero todas las puertas estaban cerradas con llave
Sie ging den ganzen Weg an der einen Seite des Flurs hinunter
Caminó por un lado del pasillo
Und sie war den ganzen Weg auf der anderen Seite des Flurs hinaufgegegangen
Y ella había caminado todo el camino hasta el otro lado de la sala
Sie hatte jede Tür ausprobiert
Había intentado todas las puertas
Und sie ging traurig in der Mitte des Saales entlang
Y caminó tristemente por el centro del pasillo
"Wie komme ich da mal wieder raus?"
"¿Cómo voy a volver a salir?"

Plötzlich stieß sie auf einen kleinen Tisch
De repente se encontró con una mesita
Der Tisch wurde komplett aus massivem Glas gefertigt
La mesa estaba hecha completamente de vidrio macizo

Auf dem Tisch lag nichts als ein winziger goldener Schlüssel

No había nada sobre la mesa, excepto una pequeña llave dorada

Der Schlüssel könnte zu einer der Türen gehören!

¡La llave podría pertenecer a una de las puertas!

Aber ach! Einige der Schlösser waren zu groß für die Schlüssel

Pero, ¡ay! Algunas de las cerraduras eran demasiado grandes para las llaves

und für die anderen Schlösser war der Schlüssel zu klein

y para las otras cerraduras la llave era demasiado pequeña

aber auf jeden Fall öffnete der Schlüssel keine der Türen

Pero, en cualquier caso, la llave no abrió ninguna de las puertas

Aber was sollte sie tun?

Pero, ¿qué iba a hacer ella?

Sie ging wieder durch den Saal

Volvió a atravesar el pasillo

Und diesmal bemerkte sie einen niedrigen Vorhang

Y esta vez se fijó en una cortina baja

Hinter dem Vorhang war eine kleine Tür

Detrás de la cortina había una puertecita

Die Tür war etwa fünfzehn Zoll hoch

La puerta tenía unos quince centímetros de alto

Sie probierte den kleinen goldenen Schlüssel im Schloss aus

Probó la pequeña llave dorada en la cerradura

Und zu ihrer großen Freude passte der Schlüssel ins Schloss!

Y para su gran deleite, ¡la llave encajó en la cerradura!

Alice öffnete die Tür

Alicia abrió la puerta

und sie fand, daß die Tür in einen kleinen Korridor führte

Y encontró que la puerta daba a un pequeño pasillo

Der Korridor war nicht viel größer als ein Rattenloch

El corredor no era mucho más grande que una madriguera de ratas

Sie kniete nieder und blickte den Korridor entlang

Se arrodilló y miró a lo largo del pasillo
Und sie sah den schönsten Garten, den du je gesehen hast
Y ella vio el jardín más hermoso que jamás hayas visto
wie sehr sie sich danach sehnte, aus dieser dunklen Halle herauszukommen
¡Cómo anhelaba salir de ese oscuro salón
wie sie sich wünschte, zwischen diesen leuchtenden Blumen zu wandern
cómo quería vagar entre esas flores brillantes
Wie cool die Erfrischung dieser Brunnen aussah
¡Qué genial se veían esas fuentes
aber sie konnte nicht einmal ihren Kopf durch die Tür stecken
Pero ni siquiera podía meter la cabeza por la puerta
»Oh,« sagte Alice traurig
-¡Oh! -exclamó Alicia con tristeza-
»wie sehr wünschte ich, ich könnte mich zusammenfalten wie ein Fernrohr!«
"¡Cómo desearía poder plegarme como un telescopio!"
"Ich glaube, ich könnte mich zusammenfalten wie ein Teleskop"
"Creo que podría plegarme como un telescopio"
"Wenn ich nur wüsste, wie ich anfangen sollte"
"Si supiera cómo empezar"
Alice ging zurück an den Tisch
Alicia volvió a la mesa
Es bestand die Möglichkeit, einen weiteren Schlüssel zu finden
Existía la posibilidad de encontrar otra llave
Oder es gibt ein Buch mit Regeln
O podría haber un libro de reglas
Das Buch könnte ihr sagen, wie man sich wie ein Teleskop zusammenfaltet
El libro podría decirle cómo plegarse como un telescopio
Diesmal fand sie ein Fläschchen
Esta vez encontró una botellita
"Diese Flasche war gewiß vorher nicht hier," sagte Alice

—Esta botella no estaba aquí antes —dijo Alicia—
Und um den Flaschenhals war ein Papieretikett gebunden
y atada alrededor del cuello de la botella había una etiqueta de
papel
**Das Etikett war wunderschön in großen Buchstaben
gedruckt**
La etiqueta estaba bellamente impresa en letras grandes
"TRINK MICH"
"BÉBEME"
»Nein, ich werde erst nachsehen«, sagte sie
—No, miraré primero —dijo ella—
**"Ich werde sehen, ob die Flasche als giftig gekennzeichnet
ist oder nicht."**
"Veré si la botella está marcada como venenosa o no"
weil sie die Lektion über das Gift nie vergessen hat
porque nunca olvidó la lección sobre el veneno
**"Wenn eine Flasche als giftig gekennzeichnet ist, wird sie
Ihnen bestimmt nicht zustimmen"**
"Si una botella está etiquetada como venenosa, es probable
que no esté de acuerdo contigo"
Diese Flasche war jedoch nicht als giftig gekennzeichnet
Sin embargo, esta botella no estaba marcada como venenosa
so wagte Alice es, den Inhalt der Flasche zu kosten
así que Alicia se aventuró a probar el contenido de la botella
Sie fand die Flüssigkeit ganz nach ihrem Geschmack
Encontró el líquido bastante de su agrado
Das Getränk hatte einen gemischten Geschmack
La bebida tenía una especie de sabor mezclado
Kirschkuchen, Vanillepudding und Ananas
tarta de cerezas, natillas y piña
Gebratener Truthahn, Toffee und Toast mit heißer Butter
Pavo asado, caramelo y tostadas con mantequilla caliente
und bald trank sie die Flasche aus
Y pronto acabó la botella
"Was für ein merkwürdiges Gefühl!" sagte Alice
-¡Qué sensación tan curiosa! -exclamó Alicia-
"Ich klappe mich zusammen wie ein Teleskop!"

"¡Me estoy pliegando como un telescopio!"
Und sie faltete sich tatsächlich zusammen wie ein Teleskop!
¡Y se estaba pliegando como un telescopio!
Sie war jetzt nur noch zehn Zentimeter groß
Ahora solo medía diez pulgadas de alto
und ihr Gesicht erhellte sich bei ihren Gedanken
y su rostro se iluminó con sus pensamientos
Jetzt hatte sie die richtige Größe für das Türchen
Ahora ella tenía el tamaño adecuado para la pequeña puerta
Jetzt konnte sie in diesen schönen Garten gehen
Ahora podía entrar en ese hermoso jardín
Bald hörte sie auf, kleiner zu werden
Pronto dejó de hacerse más pequeña
Sie beschloß, sofort in den Garten zu gehen
Decidió ir al jardín de inmediato
aber wehe der armen Alice!
pero, ¡ay de la pobre Alicia!
Sie kam zur Tür
Llegó a la puerta
Aber sie hatte den kleinen goldenen Schlüssel vergessen
Pero había olvidado la pequeña llave de oro
Sie ging zurück zum Tisch, um den Schlüssel zu holen
Volvió a la mesa en busca de la llave
aber sie merkte, daß sie nicht hoch genug greifen konnte
Pero se dio cuenta de que no podía llegar lo suficientemente alto
Sie konnte den Schlüssel ganz deutlich durch das Glas sehen
Podía ver la llave claramente a través del cristal
Sie versuchte, die Beine des Tisches hinaufzuklettern
Trató de trepar por las patas de la mesa
Aber das Glas war viel zu rutschig
Pero el cristal era demasiado resbaladizo
Irgendwann erschöpfte sie sich mit dem Versuch
Con el tiempo se cansó de intentarlo
Und das arme kleine Mädchen setzte sich hin und weinte
Y la pobre niña se sentó y lloró

Alice sprach ziemlich scharf mit sich selbst
Alicia se habló a sí misma con bastante brusquedad
"Komm, es hat keinen Zweck, so zu weinen!"
"¡Vamos, no sirve de nada llorar así!"
"Ich rate dir, gleich aufzuhören!"
"¡Te aconsejo que te detengas ahora mismo!"
Sie gab sich im Allgemeinen sehr gute Ratschläge
En general, se daba muy buenos consejos
obwohl sie nur sehr selten ihren eigenen Rat befolgte
aunque muy rara vez seguía sus propios consejos
und sie war manchmal zu streng mit sich selbst
Y a veces era demasiado dura consigo misma
und ihre Worte trieben ihr Tränen in die Augen
y sus palabras hicieron que se le llenaran los ojos de lágrimas
Bald fiel ihr Blick auf einen kleinen Glaskasten
Pronto sus ojos se posaron en una cajita de cristal
Der kleine Glaskasten lag unter dem Tisch
La cajita de cristal estaba debajo de la mesa
In dem Glaskasten befand sich ein sehr kleiner Kuchen
En la caja de cristal había un pastel muy pequeño
Auf dem Kuchen waren einige Worte schön geschrieben
En el pastel, algunas palabras estaban bellamente escritas
die Worte waren in Johannisbeeren markiert worden
Las palabras habían sido marcadas con grosellas
"MICH ESSEN"
"CÓMEME"
"Nun, ich werde den Kuchen essen," sagte Alice
—Bueno, me comeré el pastel —dijo Alicia—
"Und wenn mich der Kuchen größer werden lässt, kann ich den Schlüssel erreichen"
"y si el pastel me hace crecer, puedo llegar a la llave"
"Und wenn mich der Kuchen kleiner werden lässt, kann ich unter die Tür kriechen"
"y si el pastel me hace más pequeño, puedo arrastrarme por debajo de la puerta"
"Also so oder so komme ich in den Garten"
"así que de cualquier manera me meteré en el jardín"

"Und es ist mir egal, was von beidem passiert!"
"¡Y no me importa cuál de los dos suceda!"
Sie aß ein wenig von dem Kuchen
Se comió un pedacito del pastel
und sie sprach ängstlich zu sich selbst:
Y se habló a sí misma con ansiedad:
"In welche Richtung? In welche Richtung?"
—¿De qué manera? ¿Hacia dónde?
und sie hielt die Hand auf den Kopf
Y se llevó la mano a la cabeza
Sie wollte spüren, in welche Richtung sie wuchs
Quería sentir de qué manera estaba creciendo
Sie war ganz überrascht, als sie erfuhr, was geschehen war
Se sorprendió bastante al descubrir lo que había sucedido
Sie war gleich groß geblieben!
¡Había permanecido del mismo tamaño!
Also verdoppelte sie dieses Mal ihre Bemühungen
Así que esta vez redobló sus esfuerzos
Und bald war der ganze Kuchen fertig
Y pronto terminó todo el pastel

Der Pool der Tränen
El charco de lágrimas

"Das wird immer interessanter!" rief Alice

-¡Esto se está poniendo cada vez más interesante! -exclamó Alicia-

Man kann sehen, dass sie sehr überrascht war

Se puede ver que estaba muy sorprendida

"Ich öffne mich wie das größte Teleskop, das es je gab!"

"¡Me estoy abriendo como el telescopio más grande que jamás haya existido!"

»Auf Wiedersehen, Füße! Oh, meine armen kleinen Füße"

—¡Adiós, pies! ¡Oh, mis pobres piecitos!

"Ich frage mich, wer euch jetzt die Schuhe anziehen wird, meine Lieben?"

"Me pregunto quién se pondrá sus zapatos por ustedes ahora, queridos".

»und ich frage mich, wer Ihre Strümpfe anziehen wird?«

—¿Y me pregunto quién se pondrá las medias?

"Ich werde viel zu weit weg sein"

"Estaré demasiado lejos"

"Ich werde mich nicht mehr um dich kümmern können"

"No podré preocuparme más por ti"

In diesem Augenblick schlug ihr Kopf gegen etwas

Justo en ese momento su cabeza golpeó contra algo

Sie hatte das Dach des Saales erreicht

Había llegado al techo de la sala

Tatsächlich war sie jetzt mehr als zwei Meter groß

De hecho, ahora medía más de dos metros de altura

und sie ergriff sogleich den kleinen goldenen Schlüssel

Y al instante tomó la pequeña llave de oro

und sie eilte zur Gartentür

Y se apresuró a llegar a la puerta del jardín

Arme Alice! Es gab nicht viel, was sie tun konnte

¡Pobre Alicia! No había mucho que pudiera hacer

Sie legte sich auf die Seite

Se acostó de lado

Und sie blickte mit einem Auge in den Garten hinein

Y miró al jardín con un ojo
Aber durchzukommen war hoffnungsloser denn je
Pero salir adelante era más desesperado que nunca
Sie setzte sich und fing wieder an zu weinen
Se sentó y comenzó a llorar de nuevo
Sie fuhr fort, literweise Tränen zu vergießen
Siguió derramando galones de lágrimas
Bald war ein großer Pool um sie herum
Pronto había un gran estanque a su alrededor
und das Wasser reichte bis zur Hälfte des Flurs
Y el agua llegaba hasta la mitad del pasillo
Nach einer Weile hörte sie ein leises Getrappel von Füßen
Al cabo de un rato, oyó un pequeño golpeteo de pies
Sie hörte die Füße aus der Ferne kommen
Oyó los pasos que venían de lejos
Und sie trocknete sich hastig die Augen, um zu sehen, was kommen würde
Y se secó los ojos apresuradamente para ver lo que venía
Es war das weiße Kaninchen, das zurückkehrte
Era el Conejo Blanco que regresaba
Er war prächtig gekleidet
Iba espléndidamente vestido
Er hatte ein Paar weiße Handschuhe in der einen Hand
Tenía un par de guantes blancos en una mano
Und in der anderen Hand hatte er einen großen Federfächer
y tenía un gran abanico de plumas en la otra mano
Er kam in großer Eile dahergetrabt
Llegó trotando a toda prisa
und er murmelte vor sich hin: »Ach! die Herzogin, die Herzogin!«
y murmuró para sí: "¡Oh! ¡La duquesa, la duquesa!
»Ach! wird sie nicht wild sein, wenn ich sie habe warten lassen?«
—¡Oh! ¡No será salvaje si la he hecho esperar!

Als das Kaninchen in ihre Nähe kam, sprach Alice
Cuando el Conejo se acercó a ella, Alicia habló
aber sie sprach mit leiser, schüchterner Stimme
Pero ella hablaba en voz baja y tímida
"Sir, bitte hören Sie für einen Moment auf, was Sie tun"
"Señor, por favor, deje de hacer lo que está haciendo por un momento"
Das Kaninchen erschrak heftig
El Conejo se sobresaltó violentamente
Er ließ die weißen Handschuhe und den Federfächer fallen
Dejó caer los guantes blancos y el abanico de plumas
und er eilte fort in die Dunkelheit, so schnell er konnte
Y se escabulló en la oscuridad lo más rápido que pudo
Alice hob den Federfächer und die Handschuhe auf
Alicia recogió el abanico de plumas y los guantes
Und sie fächelte sich immer wieder Luft zu, während sie sprach
Y no paraba de abanicarse mientras seguía hablando
»Liebes, liebes Kind! Wie seltsam ist das alles heute!"
"¡Querido, querido! ¡Qué extraño es todo hoy!"

"Gestern ging es weiter wie bisher"
"Ayer las cosas siguieron como siempre"
"War ich heute Morgen noch so, als ich aufgestanden bin?"
—¿Era yo el mismo cuando me levanté esta mañana?
"Aber wenn ich nicht mehr derselbe bin, dann ist das eine andere Frage"
"Pero si no soy el mismo, hay otra cuestión"
"Wer in aller Welt bin ich?"
"¿Quién demonios soy yo?"
"Ah, das ist das große Rätsel!"
"¡Ah, ese es el gran rompecabezas!"
Während sie das sagte, blickte sie auf ihre Hände hinunter
Al decir esto, se miró las manos
Sie trug einen der kleinen weißen Handschuhe des Kaninchens
Llevaba uno de los Conejos, gusanos blancos
Sie hatte nicht bemerkt, dass sie den Handschuh angezogen hatte, während sie sprach
No se había dado cuenta de que se había puesto el guante mientras hablaba
"Wie konnte ich das machen?" dachte sie
"¿Cómo pude haber hecho eso?", pensó
"Ich muss wieder klein werden"
"Debo estar haciéndome pequeño otra vez"
Sie stand auf und ging zum Tisch, um ihre Größe zu messen
Se levantó y se acercó a la mesa para medir su altura
Sie stellte fest, dass sie jetzt etwa einen halben Meter groß war
Descubrió que ahora medía aproximadamente medio metro de altura
und sie schrumpfte immer noch schnell
Y ella seguía encogiéndose rápidamente
Bald fand sie heraus, was die Ursache für das Schrumpfen war
Pronto descubrió cuál era la causa del encogimiento
Der Federfächer machte sie wieder kleiner!
¡El abanico de plumas la estaba haciendo más pequeña de

nuevo!

Und sie ließ hastig den Federfächer fallen

Y dejó caer el abanico de plumas apresuradamente

Sie ließ den Federfächer gerade noch rechtzeitig fallen, um sich zu retten

Dejó caer el abanico de plumas justo a tiempo para salvarse

Hätte sie sich noch länger Luft zugefächelt, wäre sie völlig zusammengeschrumpft

Si se hubiera abanicado por más tiempo, se habría encogido por completo

»Das war ein knappes Entkommen!« sagte Alice

-¡Ha sido una fuga por los pelos! -dijo Alicia-

und sie erschrak sehr über die plötzliche Veränderung

Y se asustó mucho ante el cambio repentino

aber sie war sehr froh, daß sie noch da war

pero estaba muy contenta de encontrarse todavía en existencia

"Und jetzt ab in den Garten!"

—¡Y ahora, al jardín!

Und sie lief mit aller Geschwindigkeit zurück zu der kleinen Tür

Y corrió a toda prisa hacia la puertecita

Aber ach! Das Türchen wurde wieder geschlossen

Pero, ¡ay! La puertecita se cerró de nuevo

Und das goldene Schlüsselchen lag wieder auf dem Glastisch

Y la pequeña llave de oro volvía a estar sobre la mesa de cristal

"Es ist schlimmer als je!" dachte das arme Kind

"Las cosas están peor que nunca", pensó el pobre niño

"So klein war ich noch nie, niemals!"

"Nunca antes había sido tan pequeño como esto, ¡nunca!"

Bei diesen Worten rutschte ihr Fuß aus

Al decir estas palabras, su pie resbaló

Und im nächsten Augenblick gab es ein großes Plätschern!

¡Y en otro momento hubo un gran chapoteo!

Sie stand bis zum Kinn im Salzwasser

Estaba sumergida en agua salada hasta la barbilla

Ihre erste Idee war, dass sie irgendwie ins Meer gefallen war
Su primera idea fue que de alguna manera había caído al mar
Sie erkannte jedoch bald, worin sie sich befand
Sin embargo, pronto se dio cuenta de en qué estaba metida
Sie war in einer Tränenlache
Estaba en un charco de lágrimas
**die Tränen, die sie geweint hatte, als sie zwei Meter groß
war**
las lágrimas que había llorado cuando tenía dos metros de
altura

In diesem Augenblick hörte sie etwas
Justo en ese momento escuchó algo
Etwas plätscherte im Pool herum
Algo chapoteaba en la piscina
Das Plätschern kam aus einiger Entfernung
El chapoteo venía de un poco más lejos
und sie schwamm näher, um zu sehen, was das Plätschern

war

Y se acercó nadando para ver qué era el chapoteo

Bald sah sie, dass es nur eine kleine Maus war

Pronto vio que era solo un ratoncito

Auch die kleine Maus war ins Wasser geschlüpft

El ratoncito también se había metido en el agua

Alice dachte bei sich über die Situation nach

Alicia pensó para sí misma sobre la situación

"Würde es etwas nützen, mit dieser Maus zu sprechen?"

—¿Serviría de algo hablar con este ratón?

"Hier unten steht alles auf dem Kopf"

"Aquí todo está tan al revés"

"Ich denke, es ist sehr wahrscheinlich, dass diese Maus sprechen kann."

"Creo que es muy probable que este ratón pueda hablar"

"Es schadet jedenfalls nicht, es zu versuchen"

"En cualquier caso, no hay nada de malo en intentarlo"

Also begann sie zu versuchen, mit der Maus zu sprechen

Así que empezó a tratar de hablar con el ratón

"Oh Maus, kennst du den Weg aus diesem Pool?"

"Oh Ratón, ¿conoces la forma de salir de esta piscina?"

"Ich bin es leid, hier herumzuschwimmen, oh Maus!"

—¡Estoy muy cansado de nadar por aquí, oh ratón!

Die Maus schaute sie ziemlich neugierig an

El ratón la miró con curiosidad

Die Maus schien mit einem ihrer kleinen Augen zu blinzeln

El ratón parecía guiñar un ojo con uno de sus ojitos

Aber die kleine Maus sagte nichts

Pero el ratoncito no dijo nada

"Vielleicht versteht die Maus kein Englisch!" dachte Alice

"A lo mejor el ratón no entiende inglés", pensó Alicia

"Ich wage zu behaupten, es ist eine französische Maus"

"Me atrevo a decir que es un ratón francés"

"Vielleicht kam diese Maus mit Wilhelm dem Eroberer herüber"

"tal vez este ratón vino con Guillermo el Conquistador"

Also fing sie wieder an, auf Französisch

Así que empezó de nuevo, en francés
"Wo ist meine Katze?", fragte sie auf Französisch
"¿Dónde está mi gato?", preguntó en francés
es war der erste Satz in ihrem französischen Unterrichtsbuch
era la primera frase de su libro de clases de francés
Die Maus machte einen plötzlichen Sprung aus dem Wasser
El Ratón dio un súbito salto fuera del agua
**Und die Maus schien am ganzen Leibe vor Schreck zu
zittern**
y el ratón pareció temblar de miedo
"Oh, ich bitte um Verzeihung!" rief Alice hastig
-¡Oh, le ruego que me perdone! -exclamó Alicia
apresuradamente-
Sie fürchtete, sie habe die Gefühle des armen Tieres verletzt
Temía haber herido los sentimientos del pobre animal
"Ich habe ganz vergessen, dass du keine Katzen magst"
"Olvidé que no te gustaban los gatos"
**"Ich mag keine Katzen!" rief die Maus mit schriller,
leidenschaftlicher Stimme**
—¡No me gustan los gatos! —exclamó el ratón con voz
estridente y apasionada—
"Hättest du gerne Katzen, wenn du ich wärst?"
—¿Te gustaría tener gatos, si fueras yo?
Alice tröstete die Maus in einem beruhigenden Ton
Alicia consoló al ratón en un tono tranquilizador
**"Naja, vielleicht würde ich an deiner Stelle auch keine
Katzen mögen"**
"Bueno, tal vez a mí tampoco me gustarían los gatos si fuera
tú"
"Bitte ärgern Sie sich nicht über die Erwähnung von Katzen"
"Por favor, no te enfades por la mención de los gatos"
**"Und doch wünschte ich, ich könnte dir unsere Katze Dina
zeigen"**
"Y, sin embargo, desearía poder mostrarte a nuestra gata
Dinah"
**"Wenn du sie treffen würdest, würdest du wohl Gefallen an
Katzen finden"**

"Si la conocieras, creo que te encapricharías de los gatos"
"Wenn du sie nur sehen könntest"
"Si tan solo pudieras verla"
"Sie ist so ein liebes, stilles Ding"
"Es una cosa tan querida y tranquila"
Die Maus zitterte am ganzen Körper
El ratón temblaba por todas partes
Alice war sich sicher, dass die Maus wirklich beleidigt sein musste
Alicia estaba segura de que el ratón debía de estar realmente ofendido
"Wir reden nicht mehr über sie, wenn du lieber nicht willst"
"No hablaremos más de ella, si prefieres no hacerlo"
"Wir, allerdings!" rief die Maus
-¡Nosotros, en efecto! -exclamó el Ratón-
Die Maus zitterte bis zum Ende ihres Schwanzes
El ratón temblaba hasta la punta de la cola
»Als ob ich über so ein Thema reden würde!«
—¡Como si fuera a hablar de un tema así!
"Unsere Familie hat Katzen schon immer gehasst"
"Nuestra familia siempre odió a los gatos"
"Katzen; Gemeine, niedrige, gemeine Dinger!"
"Gatos; ¡Cosas desagradables, bajas, vulgares!"
"Laß mich den Namen nicht noch einmal hören!"
"¡No dejes que vuelva a escuchar el nombre!"
"Katzen will ich ja nicht mehr erwähnen!" sagte Alice
-¡No volveré a hablar de los gatos! -dijo Alicia-
Sie hatte es sehr eilig, das Thema zu wechseln
Tenía mucha prisa por cambiar de tema
"Bist du... Lieben Sie Hunde?«
"¿Eres tú... ¿Te gustan los perros?
"Es gibt so einen netten kleinen Hund in der Nähe unseres Hauses."
"Hay un perrito tan simpático cerca de nuestra casa"
"Ich möchte dir den kleinen Hund zeigen!"
—¡Me gustaría enseñarte el perrito!
"Dieser kleine Hund tötet alle Ratten und...

"Este perrito mata a todas las ratas y...
»O je!« rief Alice in traurigem Tone
-¡Oh, querida! -exclamó Alicia en tono triste-
»Ich fürchte, ich habe dich schon wieder beleidigt!«
"¡Me temo que te he ofendido de nuevo!"
Die Maus schwamm so schnell sie konnte von ihr weg
El ratón se alejaba nadando de ella tan rápido como podía
Und die Maus machte einen ziemlichen Aufruhr im Tümpel
y el ratón hizo un gran alboroto en la piscina
Da rief sie leise der Maus nach
Así que llamó suavemente al ratón
"Meine liebe Maus, komm bitte zurück!"
"¡Mi querido ratón, por favor vuelve!"
"Und wir werden nicht über Katzen sprechen"
"Y no hablaremos de gatos"
"Und über Hunde müssen wir auch nicht reden"
"Y tampoco tenemos que hablar de perros"
Als die Maus das hörte, drehte sie sich um
Cuando el ratón escuchó esto, se dio la vuelta
Und die kleine Maus schwamm langsam zu ihr zurück
Y el ratoncito nadó lentamente de regreso a ella
Das Gesicht der Maus war ganz blaß
La cara del ratón estaba bastante pálida
Und die Maus sprach mit leiser, zitternder Stimme
Y el ratón habló, en voz baja y temblorosa
"Lasst uns ans Ufer gehen"
"Vamos a la orilla"
"Und dann erzähle ich dir meine Geschichte"
"y luego te contaré mi historia"
"Und du wirst verstehen, warum ich Katzen und Hunde hasse"
"y entenderás por qué odio a los gatos y a los perros"
Es war höchste Zeit zu gehen
Ya era hora de partir
weil der Pool ziemlich voll wurde
porque la piscina se estaba llenando bastante
Andere Vögel und Tiere waren in den Pool gefallen

Otros pájaros y animales habían caído en el estanque
es gab eine Ente und einen Dodo
había un pato y un dodo
und da waren ein Lory-Vogel und ein Adler
y había un pájaro lori y un aguilucho
**und es gab noch einige andere interessant aussehende
Kreaturen**
Y había varias otras criaturas de aspecto interesante
Alice führte den Weg aus dem Pool
Alicia abrió el camino para salir de la piscina
und die ganze Gesellschaft der Tiere schwamm ans Ufer
Y todo el grupo de animales nadó hasta la orilla

Ein Caucus-Rennen und ein langer Schwanz
Una carrera de caucus y una larga cola
Es waren in der Tat ein lustig aussehender Haufen Tiere
De hecho, eran un grupo de animales de aspecto gracioso
und sie versammelten sich alle am Ufer des Wassers
Y todos se reunieron a la orilla del agua
die Vögel hatten alle zerzauste Federn
Todos los pájaros tenían las plumas desaliñadas
und die pelzigen Tiere waren durchnässt
y los animales peludos estaban empapados
und alle waren triefend nass, genervt und unwohl
y todos estaban empapados, molestos e incómodos

Es gab eine Frage, die zuerst beantwortet werden musste
Había una pregunta que había que responder primero
Was ist der beste Weg für alle, um trocken zu werden?
¿Cuál es la mejor manera de que todos se sequen?
Sie hatten eine Konsultation zu diesem Thema
Tuvieron una consulta sobre este asunto
Bald waren sie alle auf vertrautem Einvernehmen
Pronto todos se sintieron en términos familiares
Es war, als ob sie sie ihr ganzes Leben lang gekannt hätte
Era como si los conociera de toda la vida
Die Maus schien eine Person mit einer gewissen Autorität

zu sein
El ratón parecía ser una persona de cierta autoridad
"Setzt euch, ihr alle, und hört mir zu!
"¡Siéntense todos y escúchenme!
"Ich werde euch bald wieder alle trocken machen!"
"¡Pronto los volveré a secar!"
Sie setzten sich alle auf einmal in einem großen Ring nieder
Se sentaron todos a la vez, en un gran círculo
Und die kleine Maus saß in der Mitte
y el ratoncito se sentó en el medio
"Ähm!" sagte die Maus mit einer wichtigen Miene
—¡Ejem! —dijo el ratón con aire importante—
"Seid ihr bereit?"
"¿Están todos listos?"
"Das ist das Trockenste, was ich kenne"
"Esto es lo más seco que conozco"
»Schweigen Sie ringsum, wenn Sie wollen!«
—¡Silencio por todas partes, por favor!
"Wilhelm der Eroberer wurde vom Papst begünstigt"
"Guillermo el Conquistador fue favorecido por el Papa"
"aber er wurde bald von den Engländern unterworfen"
"pero pronto fue sometido por los ingleses"
"Sie wollten in letzter Zeit Führer"
"Últimamente querían líderes"
"Und sie waren an Macht und Eroberung gewöhnt"
"Y se habían acostumbrado al poder y a la conquista"
"Edwin und Morcar, die Grafen von Mercia und Northumbria"
"Edwin y Morcar, los condes de Mercia y Northumbria"
»Pfui!« sagte der Lori-Vogel mit einem Schauer
—¡Uf! —exclamó el pájaro lori con un escalofrío—
"und sogar Stigand, der patriotische Erzbischof von Canterbury"
"e incluso Stigand, el patriota arzobispo de Canterbury"
"Er fand es auch ratsam"
"A él también le pareció aconsejable"
"Was hielt er für ratsam?" fragte die Ente

-¿Qué le pareció aconsejable? -dijo el pato-
"Er fand es ratsam", antwortete die Maus ziemlich verärgert
—Le pareció aconsejable —replicó el ratón con cierto enfado—
aber die Ente war nicht zufrieden
Pero el pato no estaba satisfecho
"Natürlich weißt du, was 'es' bedeutet"
"Por supuesto, ya sabes lo que significa"
"Ich weiß, was es ist, wenn ich etwas finde," sagte die Ente
—Sé lo que es cuando encuentro una cosa —dijo el pato—
"Es ist in der Regel ein Frosch oder ein Wurm"
"Generalmente es una rana o un gusano"
"Die Frage ist, was hat der Erzbischof gefunden?"
"La pregunta es, ¿qué encontró el arzobispo?"
Die Maus bemerkte diese Frage nicht
El ratón no se dio cuenta de esta pregunta
Stattdessen fuhr die Maus hastig mit der Rede fort
En cambio, el ratón continuó apresuradamente con el discurso
"Er fand es ratsam, mit Edgar Atheling zu gehen"
"le pareció aconsejable ir con Edgar Atheling"
"um William zu treffen und ihm die Krone anzubieten"
"para encontrarme con Guillermo y ofrecerle la corona"
fuhr die Maus fort und wandte sich dabei an Alice
el ratón continuó, volviéndose hacia Alicia mientras hablaba
»Wie geht es dir jetzt, meine Liebe?«
—¿Cómo te va ahora, querida?
»So naß wie immer,« sagte Alice in melancholischem Tone
—Tan mojado como siempre —dijo Alicia en tono
melancólico—
**"Diese Geschichte scheint mich überhaupt nicht
auszutrocknen"**
"Esta historia no parece que me seque en absoluto"
»In diesem Falle,« sagte der Dodo feierlich und erhob sich
—En ese caso —dijo solemnemente el dodo, poniéndose en
pie—
"Ich stimme dafür, dass die Sitzung vertagt wird"
"Voto que se levante la sesión"
"und ich schlage vor, sofort energischere Heilmittel zu

ergreifen"

"y propongo la adopción inmediata de remedios más enérgicos"

"Sprich wahre Worte!" sagte der Adler

—¡Di palabras de verdad! —dijo el aguilucho—

"Ich weiß nicht, was die Hälfte dieser langen Worte bedeutet"

"No conozco el significado de la mitad de esas palabras largas"

»und außerdem glaube ich nicht, daß Sie es wissen!«

—¡Y, lo que es más, tampoco creo que tú lo sepas!

»Was ich sagen wollte«, sagte der Dodo in beleidigtem Ton

—Lo que iba a decir —dijo el dodo en tono ofendido—

"Das Beste, was uns trocken kriegt, wäre ein Caucus-Rennen"

"Lo mejor para deshacernos sería una contienda electoral"

»Was ist ein Caucus-Rennen?« fragte Alice

—¿Qué es una contienda electoral? —preguntó Alicia

"Nun", sagte der Dodo, "der beste Weg, es zu erklären, ist, es zu tun."

—Bueno —dijo el dodo—, la mejor manera de explicarlo es hacerlo.

"Zuerst steckte der Dodo eine Rennbahn ab"

"Primero el dodo trazó un hipódromo"

"Die Strecke verlief in einer Art Kreis"
"La pista estaba en una especie de círculo"
"Und dann wurde die ganze Gesellschaft entlang der Strecke platziert"
"Y luego todo el grupo se colocó a lo largo del recorrido"
Es gab kein "Eins, zwei, drei und weg!"
No hubo "¡Uno, dos, tres y fuera!"
aber sie fingen an zu rennen, wann sie wollten
pero empezaron a correr cuando quisieron
Und sie beendeten auch, wenn sie wollten
Y también terminaban cuando querían
Es war also nicht einfach zu wissen, wann das Rennen vorbei war
Así que no era fácil saber cuándo había terminado la carrera
Nach etwa einer halben Stunde Laufen waren sie alle ziemlich trocken
Después de media hora más o menos de correr, todos estaban bastante secos
der Dodo rief plötzlich: "Das Rennen ist vorbei!"
el dodo gritó de repente: "¡La carrera ha terminado!"
Und sie drängten sich alle um den Dodo
Y todos se agolparon alrededor del dodo
Alle Tiere hechelten und schnauften
Todos los animales jadeaban y resoplaban
und sie alle wollten wissen: "Aber wer hat gewonnen?"
y todos querían saber: "¿Pero quién ha ganado?"
Diese Frage konnte der Dodo nicht sofort beantworten
El dodo no pudo responder de inmediato a esta pregunta
Zuerst musste er sehr viel nachdenken
Primero tuvo que pensar mucho
Nach langem Nachdenken sprach der Dodo schließlich
Después de pensarlo mucho, el Dodo finalmente habló
"Jeder hat gewonnen, und jeder muss Preise haben"
"Todos han ganado y todos deben tener premios"
»Aber wer soll die Preise geben?« fragte ein Chor von Stimmen
"¿Pero quién va a dar los premios?", preguntó un coro de

voces
"Nun, sie natürlich", sagte der Dodo
—Bueno, ella, por supuesto —dijo el dodo—
und der Dodo deutete mit einem Finger auf Alice
y el dodo señaló con un dedo a Alicia
und die ganze Gesellschaft von Tieren drängte sich um sie
y todo el grupo de animales se agolpó a su alrededor
sie riefen verwirrt: »Preise! Preise!"
gritaron, de manera confusa: "¡Premios! ¡Premios!"
Alice hatte keine Ahnung, was sie tun sollte
Alicia no tenía ni idea de qué hacer
Verzweifelt steckte sie die Hand in die Tasche
Desesperada, se metió la mano en el bolsillo
Und sie zog eine Schachtel mit Süßigkeiten hervor
Y sacó una caja de dulces
**Glücklicherweise war das Salzwasser nicht in den Kasten
gelangt**
Por suerte, el agua salada no había entrado en la caja
Und sie reichte die Süßigkeiten als Preise herum
Y repartió los dulces como premios
Es gab genau ein Stück für jeden
Había exactamente una pieza para todos
**Das nächste, was sie tun mussten, war, die Süßigkeiten zu
essen**
Lo siguiente que tenían que hacer era comer los dulces
Dies verursachte einige Geräusche und Verwirrung
Esto causó algo de ruido y confusión
**Die großen Vögel klagten, dass sie ihre Süßigkeiten nicht
schmecken konnten**
Los grandes pájaros se quejaban de que no podían saborear
sus dulces
**Die Kleinen verschluckten sich und mussten auf den
Rücken geklopft werden**
Los pequeños se ahogaron y hubo que darles palmaditas en la
espalda
Doch dann war es endlich vorbei
Sin embargo, al fin se acabó

Und sie setzten sich wieder in einem Ring nieder
y se sentaron de nuevo en un anillo
Und sie flehten die Maus an, ihnen noch etwas zu erzählen
Y le rogaron al ratón que les dijera algo más
**»Du hast versprochen, mir deine Geschichte zu erzählen,
weißt du,« sagte Alice**
—Prometiste contarme tu historia, ¿sabes? —dijo Alicia—
**und sie machte noch eine kleine Bemerkung über Katzen im
Flüsterton**
E hizo otro pequeño comentario sobre los gatos en un susurro
Sie wollte die Maus nicht noch einmal beleidigen
No quería volver a ofender al ratón
die kleine Maus drehte sich zu Alice um und seufzte
el ratoncito se volvió hacia Alicia y suspiró
"Meine Geschichte ist lang und traurig!"
—¡La mía es una larga y triste historia!
»Es ist gewiß ein langer Schwanz,« sagte Alice
—Es una cola larga, sin duda —dijo Alicia—
**Und sie blickte verwundert auf den Schwanz der Maus
hinunter**
Y miró con asombro la cola del ratón
"Aber warum nennst du es einen traurigen Schwanz?"
—¿Pero por qué le llamas cola triste?
Und sie rätselte unaufhörlich, während die Maus sprach
Y ella seguía desconcertada al respecto mientras el ratón
hablaba
**so daß ihre Vorstellung von der Geschichte ungefähr so
aussah**
de modo que su idea del cuento era más o menos así

"Fury said to
a mouse, That
he met in the
house, 'Let
us both go
to law: *I*
will prosecute
you.——
Come, I'll
take no denial:
We must have
the trial;
For really
this morning
I've
nothing
to do.'
Said the
mouse to
the cur,
'Such a
trial, dear
sir, With
no jury
or judge,
would
be wasting
our
breath.'
'I'll be
judge,
I'll be
jury,'
said
cunning
old
Fury;
'I'll
try
the
whole
cause,
and
condemn
you to
death.'"

Fury sagte zu einer Maus, die er im Haus getroffen hat."

Furia le dijo a un ratón: "Que se encontró en la casa"

Lasst uns beide vor Gericht gehen: Ich werde euch anklagen

Vayamos los dos a la ley: yo te procesaré

Kommen Sie, ich leugne es nicht: Wir müssen den Prozeß haben

Vamos, no aceptaré ninguna negación: debemos tener el juicio

Denn heute morgen habe ich wirklich nichts zu tun

Porque realmente esta mañana no tengo nada que hacer

Sagte die Maus zum Pfarrer;
Dijo el ratón al cur;
**Ein solcher Prozeß, lieber Herr, ohne Geschworene und
Richter, würde uns den Atem rauben**
Un juicio así, querido señor, sin jurado ni juez, sería una
pérdida de aliento
**»Ich werde Richter sein, ich werde Geschworener sein«,
sagte der schlaue alte Fury**
—Seré juez, seré jurado —dijo el astuto viejo Fury—
**Ich werde die ganze Sache prüfen und dich zum Tode
verurteilen**
Juzgaré toda la causa y te condenaré a muerte
die Maus sprach streng zu Alice
el ratón le habló severamente a Alicia
"Du passt nicht auf!"
"¡No estás prestando atención!"
"Woran denkst du?"
—¿En qué estás pensando?
»Ich bitte um Verzeihung,« sagte Alice sehr demütig
—Le ruego que me perdone —dijo Alicia muy
humildemente—
»Sie waren in der fünften Kurve angelangt, glaube ich?«
– ¿Habías llegado a la quinta curva, creo?
"Du beleidigst mich, indem du so einen Unsinn redest!"
"¡Me insultas diciendo tales tonterías!"
Und die Maus stand auf und ging weg
Y el ratón se levantó y se alejó
Alice rief der kleinen Maus hinterher
Alicia llamó al ratoncito
"Bitte komm zurück und beende deine Geschichte!"
"¡Por favor, regresa y termina tu historia!"
Und die andern stimmten alle in den Chor ein
Y todos los demás se unieron a coro
"Ja, bitte beenden Sie Ihre Geschichte!"
"¡Sí, por favor, termine su historia!"
Aber die Maus schüttelte nur ungeduldig den Kopf
Pero el ratón se limitó a negar con la cabeza con impaciencia

Und die kleine Maus ging ein wenig schneller
Y el ratoncito caminó un poco más rápido
"Ich wünschte, ich hätte Dinah, unsere Katze, hier!" sagte
Alice
—¡Ojalá tuviera aquí a Dinah, nuestra gata! —dijo Alicia—
Dies erregte in der Partei ein bemerkenswertes Aufsehen
Esto causó una notable sensación entre el grupo
Einige der Vögel eilten sofort davon
Algunos de los pájaros se apresuraron a huir de inmediato
und ein Kanarienvogel rief mit zitternder Stimme seinen
Kindern zu;
y un canario gritó con voz temblorosa a sus hijos;
»Kommt fort, meine Lieben!«
—¡Váyanse, queridos míos!
"Es ist höchste Zeit, dass ihr alle im Bett seid!"
"¡Ya es hora de que estén todos en la cama!"
Mit verschiedenen Ausreden gingen sie alle weg
Con varias excusas se fueron todos
und Alice war bald allein
y Alicia no tardó en quedarse sola
"Ich wünschte, ich hätte Dina nicht erwähnt!"
—¡Ojalá no hubiera mencionado a Dinah!
"Niemand scheint sie hier unten zu mögen"
"Parece que a nadie le gusta aquí abajo"
"Aber ich bin mir sicher, dass sie die beste Katze von der
Welt ist!"
—¡Pero estoy seguro de que es la mejor gata del mundo!
Die arme Alice fing wieder an zu weinen
La pobre Alicia se echó a llorar de nuevo
weil sie sich sehr einsam und niedergeschlagen fühlte
porque se sentía muy sola y desanimada
Nach einer Weile aber hörte sie wieder etwas
Al cabo de un rato, sin embargo, volvió a oír algo
ein leises Getrappel von Schritten in der Ferne
un pequeño golpeteo de pasos a lo lejos
und sie blickte eifrig auf
Y ella miró hacia arriba ansiosamente

Der Hase schickt den kleinen Mr. Bill herein
El conejo manda al pequeño Sr. Bill

Es war das weiße Kaninchen, das langsam wieder zurücktrabte
Era el conejo blanco, que volvía trotando lentamente
Er sah sich ängstlich um, während er ging
Miraba a su alrededor ansiosamente mientras se alejaba
Er sah aus, als hätte er etwas verloren
Parecía como si hubiera perdido algo
Alice hörte, wie er vor sich hin murmelte
Alicia le oyó murmurar para sí misma
»Die Herzogin! Die Herzogin! Oh, meine lieben Pfoten!"
—¡La duquesa! ¡La duquesa! ¡Oh, mis queridas patas!
"Oh, mein Fell und meine Schnurrhaare!"
—¡Oh, mi pelo y mis bigotes!
"Sie wird mich hinrichten lassen, da bin ich mir sicher"
"Ella hará que me ejecuten, estoy seguro de eso"
"Genauso sicher, wie Frettchen Frettchen sind!"
—¡Tan cierto como que los hurones son hurones!
"Wo kann ich meine Sachen abgestellt haben, frage ich mich?"
"¿Dónde puedo haber dejado mis cosas, me pregunto?"
Alice erriet in einem Augenblick, was er suchte
Alicia adivinó en un momento lo que estaba buscando

Er war auf der Suche nach dem Federfächer

Buscaba el abanico de plumas

Und er suchte nach dem Paar weißer Handschuhe

Y buscaba el par de guantes blancos

So machte sie sich sehr gutmütig auf die Suche nach den Handschuhen

Así que ella, muy bondadosamente, comenzó a buscar los guantes

Und sie suchte auch nach dem Federfächer

Y también buscó el abanico de plumas

Aber die Handschuhe und der Federfächer waren nirgends zu sehen

Pero los guantes y el abanico de plumas no se veían por ninguna parte

Alles schien sich verändert zu haben, seit sie im Pool geschwommen war

Todo parecía haber cambiado desde que se bañó en la piscina

Nichts war mehr so, wie es war, seit sie in der Großen Halle gewesen war

Nada era igual desde que estaba en el Gran Salón

und der Glastisch war verschwunden

y la mesa de cristal había desaparecido

Und die kleine Tür war auch nicht da

Y la puertecita tampoco estaba allí

Sehr bald bemerkte das Kaninchen Alice

Muy pronto el conejo se fijó en Alicia

rief er ihr in zornigem Ton zu

—la llamó en tono airado

"Mary Ann, was machst du hier draußen?"

—Mary Ann, ¿qué haces aquí?

"Lauf in diesem Moment nach Hause"

"Corre a casa en este momento"

"Und hol mir ein Paar Handschuhe und einen Federfächer!"

—¡Y tráeme un par de guantes y un abanico de plumas!

"Und beeil dich!"

—¡Y date prisa!

Alice sprach mit sich selbst, als sie davonrannte

Alicia se habló a sí misma mientras salía corriendo
"Er muss mich für sein Hausmädchen gehalten haben!"
—¡Debe de haberme confundido con su criada!
"Wie überrascht wird er sein, wenn er herausfindet, wer ich bin!"
"¡Qué sorpresa se quedará cuando se entere de quién soy!"
Während sie dies sagte, stieß sie auf ein hübsches Häuschen
Al decir esto, se encontró con una casita pulcra
An der Tür des Hauses hing eine helle Messingplatte
En la puerta de la casa había una placa de bronce brillante
"W. HASE"
"W. CONEJO"
Sie trat ein, ohne an die Tür zu klopfen
Entró sin llamar a la puerta
und sie eilte geradewegs die Treppe hinauf
Y se apresuró a subir las escaleras
sie machte sich Sorgen, dass sie die echte Mary Ann treffen könnte
le preocupaba conocer a la verdadera Mary Ann
denn dann würde sie aus dem Haus gejagt werden
porque entonces la echarían de la casa
Und sie würde den Federfächer und die Handschuhe nicht finden können
Y no sería capaz de encontrar el abanico de plumas y los guantes
Alice hatte den Weg in ein aufgeräumtes Kämmerlein gefunden
Alicia había encontrado el camino hacia una pequeña habitación ordenada
Im Zimmer stand ein Tisch am Fenster
En la habitación había una mesa junto a la ventana
und auf dem Tisch stand ein Federfächer
y sobre la mesa había un abanico de plumas
Und da waren zwei oder drei Paar winzige weiße Handschuhe
Y había dos o tres pares de diminutos guantes blancos
Sie hob den Federfächer und ein Paar Handschuhe auf

Cogió el abanico de plumas y un par de guantes
und sie war eben im Begriff, das Zimmer zu verlassen
Y estaba a punto de salir de la habitación
Aber dann fiel ihr Blick auf ein Fläschchen
Pero entonces sus ojos se posaron en una botellita
Sie entkorkte die Flasche und führte sie an ihre Lippen
Descorchó la botella y se la llevó a los labios
"Ich hoffe, dass ich dadurch wieder groß werde"
"Espero que me haga crecer de nuevo"
"Ich bin es leid, so ein winziges Ding zu sein!"
"¡Estoy cansada de ser una cosita tan pequeña!"
Alice hatte kaum die halbe Flasche getrunken
Alicia apenas se había bebido la mitad de la botella
Ihr Kopf drückte bereits gegen die Decke
Su cabeza ya estaba presionada contra el techo
und sie musste sich bücken
Y tuvo que agacharse
um ihr das Genick vor dem Genickbruch zu bewahren
para salvar su cuello de ser roto
Hastig stellte sie die Flasche ab
Dejó apresuradamente la botella
"Das reicht"
"Con eso basta"
"Ich hoffe, ich wachse nicht mehr"
"Espero no crecer más"
Leider! Es war zu spät, das zu wünschen!
¡Ay! ¡Era demasiado tarde para desearlo!
Sie wuchs und wuchs weiter
Ella siguió creciendo y creciendo
und sehr bald musste sie sich auf den Boden knien
y muy pronto tuvo que arrodillarse en el suelo
und selbst dann wuchs sie weiter
Y aun así siguió creciendo
Als letztes Mittel streckte sie einen Arm aus dem Fenster
Como último recurso, sacó un brazo por la ventana
und sie setzte einen Fuß auf den Schornstein
Y metió un pie por la chimenea

"Jetzt kann ich nicht mehr, was auch immer passiert"
"Ahora no puedo hacer más, pase lo que pase"
»Was wird aus mir?«
—¿Qué será de mí?

Alice hatte Glück
Alicia tuvo un poco de suerte
Das kleine Zauberfläschchen hatte seine volle Wirkung entfaltet
La pequeña botella mágica había tenido todo su efecto
und Alice wurde nicht größer, als sie war
y Alicia no creció más de lo que era
Nach ein paar Minuten hörte sie draußen eine Stimme
Al cabo de unos minutos oyó una voz en el exterior
Und sie blieb stehen, um der Stimme zu lauschen
Y se detuvo a escuchar la voz
»Mary Ann! Mary Ann!« sagte die Stimme
—¡María Ana! ¡Mary Ann! -dijo la voz-
"Hol mir gleich meine Handschuhe!"
"¡Tráeme mis guantes en este momento!"
Dann ertönte ein leises Getrappel von Füßen auf der Treppe
Luego se oyó un pequeño golpeteo de pies en la escalera
Alice wusste, dass es das Kaninchen war, das kam, um sie zu suchen

Alicia supo que era el conejo que venía a buscarla
und sie zitterte, bis sie das Haus erschütterte
Y tembló hasta hacer temblar la casa
Sie vergaß ganz, welche Proportionen sie hatte
Se olvidó por completo de sus proporciones
Sie war tausendmal so groß wie das Kaninchen
Era mil veces más grande que el conejo
und sie hatte keinen Grund, sich vor einem Kaninchen zu fürchten
Y no tenía por qué temer a un conejo
Bald kam das Kaninchen an die Tür heran
De pronto, el conejo se acercó a la puerta
Und das kleine Kaninchen versuchte, die Tür zu öffnen
Y el conejito trató de abrir la puerta
Die Tür begann sich nach innen zu öffnen
La puerta comenzó a abrirse hacia adentro
aber Alices Ellbogen wurde hart gegen die Tür gedrückt
pero el codo de Alicia estaba apretado con fuerza contra la puerta
Dieser Versuch erwies sich als Fehlschlag
Ese intento resultó un fracaso
Alice hörte, wie das Kaninchen mit sich selbst sprach
Alicia oyó que el conejo se hablaba a sí mismo
"Dann gehe ich herum und steige durch das Fenster ein"
"Entonces daré la vuelta y entraré por la ventana"
"Das wirst du nicht!" dachte Alice
«¡Que no lo harás!», pensó Alicia
und sie wartete wieder ein wenig
Y volvió a esperar un poco
Bald hörte sie das Kaninchen gerade unter dem Fenster
Pronto oyó al conejo justo debajo de la ventana
Plötzlich streckte sie ihre Hand aus
De repente extendió la mano
Und sie machte einen Sprung in die Luft
Y ella hizo un arrebato en el aire
Sie bekam nichts in die Finger
No se apoderó de nada

aber sie hörte einen kleinen Schrei und einen Sturz
Pero oyó un pequeño alarido y una caída
und sie hörte ein Krachen von zerbrochenem Glas
Y oyó el estrépito de cristales rotos
Vielleicht war das Kaninchen gefallen
Tal vez el conejo se había caído
Vielleicht war er in einem Gewächshaus
Tal vez estaba en un invernadero
Dann ertönte eine zornige Stimme; Die Stimme des Kaninchens
Luego se oyó una voz airada; La voz del conejo
"Pat, wo bist du?"
"Pat, ¿dónde estás?"
Und dann ertönte eine Stimme, die sie noch nie zuvor gehört hatte
Y entonces llegó una voz que nunca antes había oído
"Euer Ehren, ich bin hier!"
"¡Su señoría, estoy aquí!"
"Ich grabe nach Äpfeln"
"Estoy cavando en busca de manzanas"
»Hier! Komm und hilf mir da raus!"
"¡Aquí! ¡Ven y ayúdame a salir de esto!"
»Nun sag mir, Pat, was ist das da im Fenster?«
—Ahora dime, Pat, ¿qué es eso que hay en la ventana?
"Sicher, Euer Ehren, ich werde es Ihnen sagen"
"Claro, su señoría, se lo diré"
"Das ist ein Arm, der im Fenster steckt!"
"¡Es un brazo que está en la ventana!"
"Na ja, da hat ein Arm nichts zu suchen"
"Bueno, un brazo no tiene nada que hacer allí"
"Geh und nimm den Arm weg!"
"¡Ve y quítate el brazo!"
Hierauf trat ein langes Schweigen ein
Hubo un largo silencio después de esto
und Alice konnte nur ab und zu ein Flüstern hören
y Alicia sólo podía oír susurros de vez en cuando
und endlich streckte sie die Hand wieder aus

Y, por fin, volvió a extender la mano
Und sie machte einen weiteren Sprung in die Luft
Y ella hizo otro arrebato en el aire
Diesmal gab es zwei kleine Schreie
Esta vez hubo dos pequeños chillidos
und es gab noch mehr Geräusche von zerbrochenem Glas
y se escucharon más sonidos de vidrios rotos
"Ich möchte wohl wissen, was sie nun tun werden!" dachte Alice
«¡Me pregunto qué harán ahora!», pensó Alicia
"Ich wünschte, sie würden mich aus dem Fenster ziehen"
"Ojalá me sacaran por la ventana"
Sie wartete eine Weile
Esperó un buen rato
aber eine Weile hörte sie nichts mehr
Pero durante un rato no oyó nada más
Endlich ertönte das Rumpeln kleiner Rädchen
Por fin se oyó el estruendo de unas ruedas
Und da ertönten viele Stimmen
Y se oyó el sonido de muchas voces
Alle Stimmen sprachen miteinander
Todas las voces hablaban al unísono
Sie konnte einige der Worte verstehen
Pudo distinguir algunas de las palabras
"Wo ist die andere Leiter?"
—¿Dónde está la otra escalera?
"Bill hat die andere Leiter"
"Bill tiene la otra escalera"
"Bill, komm her!"
"¡Bill, ven aquí!"
"Wird das Dach die Last tragen?"
—¿Soportará el techo la carga?
"Wer will schon den Schornstein hinuntergehen?"
—¿Quién quiere bajar por la chimenea?
»Nein, das werde ich nicht! Du machst es!"
—¡No, no lo haré! ¡Tú lo haces!"
»Hier, Bill!«

—¡Aquí, Bill!

"Der Meister sagt, du musst in den Schornstein hinunter!"

"¡El maestro dice que tienes que bajar por la chimenea!"

Alice zog ihren Fuß so weit den Schornstein hinab, wie sie konnte

Alicia arrastró el pie por la chimenea todo lo que pudo

Und dann wartete sie, was kommen würde

Y luego esperó a ver lo que venía

Sie hörte ein kleines Tier kratzen und krabbeln

Escuchó a un animalito arañar y revolver

Das Tierchen muss sich im Schornstein befinden

El animalito debe estar en la chimenea

dann gab sie einen scharfen Tritt

Luego dio una fuerte patada

Und sie wartete ab, was als nächstes geschehen würde

Y esperó a ver qué pasaría después

Sie hörte einen allgemeinen Chor von Stimmen

Oyó un coro general de voces

"Da geht Bill!", sagten alle

"¡Ahí va Bill!", dijeron todos

Dann hörte sie allein die Stimme des Kaninchens

Entonces oyó solo la voz del conejo

"Du an der Hecke, fang ihn!"

"¡Tú por el seto, atrápalo!"

Es trat wieder ein Augenblick des Schweigens ein

Hubo otro momento de silencio

Und dann gab es wieder ein Stimmengewirr

Y entonces hubo otra confusión de voces

"Halt seinen Kopf hoch, Brandy"

"Levanta la cabeza, Brandy"

"Pass auf, dass du ihn nicht würgst"

"Ten cuidado de no asfixiarlo"

"Was ist mit dir passiert?"

—¿Qué te pasó?

Zuletzt kam eine kleine, schwache, quietschende Stimme

Por último, llegó una vocecita débil y chillona

"Nun, ich weiß es kaum mehr"

"Bueno, ya casi no sé"
"Danke euch allen, mir geht es jetzt besser"
"Gracias a todos, ahora estoy mejor"
"Es gibt eine Sache, an die ich mich erinnern kann"
"Hay una cosa que puedo recordar"
"Irgendetwas kommt auf mich zu wie ein Zug im Tunnel"
"Algo viene hacia mí como un tren en un túnel"
"Und ich fliege hoch wie eine Rakete!"
"¡Y vuelo hacia arriba como un cohete!"
Es gab ein oder zwei Minuten des Schweigens
Hubo uno o dos minutos de silencio
Und dann fingen sie wieder an, sich zu bewegen
Y entonces empezaron a moverse de nuevo
und Alice hörte das Kaninchen wieder sprechen
y Alicia oyó hablar de nuevo al Conejo
"Ein Karren voll reicht für den Anfang"
"Un túmulo servirá, para empezar"
"Einen Karren voll wovon?" dachte Alice
«¿Un túmulo lleno de qué?», pensó Alicia
Aber sie wurde nicht lange in Atem gehalten
Pero no la mantuvieron en suspenso por mucho tiempo
Ein Regen von kleinen Kieselsteinen drang durch das Fenster
Una lluvia de guijarros entró por la ventana
und einige der kleinen Kieselsteine trafen sie im Gesicht
Y algunas de las piedrecitas le golpearon en la cara
Alice wunderte sich über die kleinen Kieselsteine
Alicia se sorprendió por los guijarros
all die kleinen Kieselsteine verwandelten sich in Kuchen
Todos los guijarros se estaban convirtiendo en pasteles
und eine glänzende Idee kam ihr in den Kopf
Y una idea brillante se le ocurrió
"Einen von diesen Kuchen sollte ich essen"
"Debería comerme uno de estos pasteles"
"Der Kuchen wird sicher etwas an meiner Größe ändern"
"El pastel seguramente hará algún cambio en mi tamaño"
Also schluckte sie einen der Kuchen

Así que se tragó uno de los pasteles
und sie freute sich, als sie feststellte, dass sie anfing zu schrumpfen
Y se alegró al descubrir que empezaba a encogerse
Bald war sie klein genug, um durch die Tür zu kommen
Pronto fue lo suficientemente pequeña como para pasar por la puerta
Sie rannte aus dem Haus
Salió corriendo de la casa
Draußen wartete eine Menge kleiner Tiere und Vögel
Una multitud de animalitos y pájaros esperaban afuera
alle kleinen Vögel und Tiere stürzten sich auf Alice
todos los pajaritos y animales se abalanzaron sobre Alicia
aber sie rannte davon, so schnell sie konnte
Pero ella huyó lo más rápido que pudo
und bald fand sie sich sicher in einem dichten Walde
Y pronto se encontró a salvo en un espeso bosque
Alice irrte im Walde umher
Alicia vagaba por el bosque
Und sie dachte bei sich:
Y pensó para sí misma:
"Ich weiß, was ich zuerst zu tun habe"
"Sé lo que tengo que hacer primero"
"erst muss ich wieder auf meine richtige Größe wachsen"
"Primero tengo que volver a crecer hasta el tamaño adecuado"
"Und dann muss ich den Weg in diesen schönen Garten finden"
"Y luego tengo que encontrar mi camino hacia ese hermoso jardín"
"Ich glaube, ich sollte irgendetwas essen oder trinken"
"Supongo que debería comer o beber una cosa u otra"
"Aber die Frage ist, was soll ich essen oder trinken?"
"Pero la pregunta es ¿qué debo comer o beber?"
Alice blickte sich um und betrachtete die Blumen
Alicia miró a su alrededor las flores
Und sie schaute durch die Grashalme hindurch
Y miró a través de las briznas de hierba

aber sie konnte nichts zu essen und zu trinken sehen
pero no podía ver nada de comer ni de beber
Nichts sah nach dem Richtigen zum Essen oder Trinken aus
Nada parecía ser lo adecuado para comer o beber
In ihrer Nähe wuchs ein großer Pilz
Había un gran hongo creciendo cerca de ella
der Pilz war ungefähr so groß wie Alice
el hongo tenía aproximadamente la misma altura que Alicia
Sie streckte sich auf den Zehenspitzen auf
Se estiró de puntillas
Und sie guckte über den Rand des Pilzes
Y se asomó por el borde del hongo
Ihre Augen trafen sofort die Augen einer großen blauen Raupe
Sus ojos se encontraron inmediatamente con los ojos de una gran oruga azul
Die Raupe saß auf der Spitze des Pilzes
La oruga estaba sentada en la parte superior del hongo
und die Raupe hatte alle Arme gekreuzt
y la oruga se había cruzado de brazos
Und er rauchte leise eine lange Wasserpfeife
Y estaba fumando tranquilamente una larga cachimba
und er nahm nicht die geringste Notiz von irgendetwas
y no hizo la menor atención a nada
und er achtete gewiß nicht auf Alice
y ciertamente no le prestó atención a Alicia

Ratschläge von einer Raupe
Consejos de una oruga
Endlich nahm die Raupe die Shisha aus dem Maul
Por fin, la oruga se quitó la pipa de la boca
und er redete Alice mit einer trägen, schläfrigen Stimme an
y se dirigió a Alicia con voz lánguida y soñolienta
"Wer bist du?" fragte die Raupe
—¿Quién eres? —preguntó la oruga

Alice antwortete etwas schüchtern: "Ich weiß es kaum, Sir."
Alicia respondió, con cierta timidez: "No lo sé, señor"
"Gerade im Moment ist alles ein bisschen..."
"Justo en este momento está todo un poco..."
"Ich weiß, wer ich war, als ich heute Morgen aufgestanden bin."
"Sé quién era cuando me levanté esta mañana"
"aber ich glaube, ich muss mich seitdem mehrmals verändert haben"
"pero creo que debo haber cambiado varias veces desde entonces"
"Was meinst du damit?" sagte die Raupe

—¿Qué quieres decir con eso? —dijo la oruga—

Streng forderte die Raupe sie auf, sich zu erklären

Con severidad, la oruga le pidió que se explicara

»Ich kann mich nicht erklären, fürchte ich, Sir«, sagte Alice

—Me temo que no puedo explicarme, señor —dijo Alicia—

"weil ich nicht ich selbst bin"

"porque no soy yo mismo"

"Du siehst, es ist sehr verwirrend, so viele verschiedene Größen an einem Tag zu haben"

"Verás, tener tantos tamaños diferentes en un día es muy confuso"

Sie raffte sich auf und sagte sehr ernst:

Se incorporó y dijo muy gravemente:

"Ich denke, du solltest mir zuerst sagen, wer du bist"

"Creo que primero deberías decirme quién eres"

"Warum?" fragte die Raupe

"¿Por qué?", dijo la oruga

Alice fiel kein guter Grund ein

Alicia no se le ocurría ninguna buena razón

und die Raupe schien sich in einem sehr unangenehmen Gemütszustand zu befinden

Y la oruga parecía estar en un estado de ánimo muy desagradable

also wandte sie sich ab

Así que se dio la vuelta

"Komm zurück!" rief ihr die Raupe nach

"¡Vuelve!", la oruga la llamó

"Ich habe etwas Wichtiges zu sagen!"

"¡Tengo algo importante que decir!"

Alice drehte sich um und kam wieder zurück

Alicia se dio la vuelta y volvió otra vez

"Behalte die Fassung!" sagte die Raupe

—Mantén la calma —dijo la oruga—

»Ist das alles?« fragte Alice

-¿Eso es todo? -preguntó Alicia

und sie schluckte ihren Zorn hinunter, so gut sie konnte

Y se tragó su rabia lo mejor que pudo

"Nein!" sagte die Raupe

—No —dijo la oruga—

Die Raupe breitete ihre Arme aus

La oruga desplegó sus brazos

Und er nahm die Shisha wieder aus dem Mund

Y volvió a sacarse la pipa de la boca

Und er sagte: "Du glaubst also, du bist verändert, oder?"

y él dijo: "Así que Ud. piensa que Ud. ha cambiado, ¿verdad?"

»Ich fürchte, ich bin verändert, Sir,« sagte Alice

—Me temo, he cambiado, señor —dijo Alicia—

"Ich kann mich nicht mehr so an Dinge erinnern, wie ich sie früher in Erinnerung hatte"

"No puedo recordar las cosas como solía recordarlas"

"Und ich bleibe nicht länger als zehn Minuten gleich groß!"

"¡Y no me quedo del mismo tamaño por más de diez minutos!"

"Wie groß willst du sein?" fragte die Raupe

"¿Qué tamaño quieres tener?", preguntó la oruga

»Oh, es ist mir nicht besonders wichtig, wie groß ich bin«, erwiderte Alice hastig

—Oh, no me importa especialmente el tamaño que tenga — respondió Alicia apresuradamente—

"Ich mag es einfach nicht, so oft die Größe zu wechseln, weißt du"

"Simplemente no me gusta cambiar de tamaño tan a menudo, ya sabes"

"Ich würde gerne etwas größer sein, Sir"

"Me gustaría ser un poco más grande, señor"

»wenn es dir nichts ausmacht,« fügte Alice hinzu

—Si no te importa —añadió Alicia—

"Zehn Zentimeter sind so eine erbärmliche Größe"

"Diez centímetros es una altura tan miserable para ser"

"Das ist wirklich eine sehr gute Höhe!" sagte die Raupe ärgerlich

-¡Es una altura muy buena! -exclamó la oruga con rabia-

und er richtete sich auf, während er sprach

Y se irguió mientras hablaba

Er war genau zehn Zentimeter groß

Medía exactamente diez centímetros de alto
**In ein oder zwei Minuten war die Raupe vom Pilz
heruntergekommen**
En uno o dos minutos, la oruga bajó del hongo
und er kroch ins Gras
Y se arrastró por la hierba
Als er sich entfernte, machte er einige kleine Bemerkungen
Al alejarse, hizo algunas pequeñas observaciones
"Eine Seite lässt dich größer werden"
"Un lado te hará crecer más alto"
"Und die andere Seite wird dich kleiner werden lassen"
"Y el otro lado te hará acortar"
"Eine Seite wovon?" dachte Alice bei sich
«¿Un lado de qué?», pensó Alicia para sí misma
"Die andere Seite von was?"
—¿El otro lado de qué?
"Die Seite des Pilzes!" sagte die Raupe
—El costado del hongo —dijo la oruga—
Es war, als hätte sie ihre Frage laut gestellt
Era como si hubiera hecho su pregunta en voz alta
und im nächsten Augenblick war er außer Sichtweite
Y en otro momento, se perdió de vista
Alice blieb stehen und betrachtete den Pilz nachdenklich
Alicia se quedó mirando pensativa el hongo
**Sie versuchte herauszufinden, welche die beiden Seiten des
Pilzes waren**
Estaba tratando de distinguir cuáles eran los dos lados del
hongo
Endlich streckte sie ihre Arme um den Pilz
Por fin, estiró los brazos alrededor de la seta
und sie brach ein Stück der Ränder ab
Y rompió un poco los bordes
»Und nun, welche Seite ist welche?« fragte sie sich
"Y ahora, ¿qué lado es cuál?", se dijo a sí misma
**und sie knabberte ein wenig von dem Stück der rechten
Hand**
Y mordisqueó un poco de la parte de la mano derecha

Im nächsten Augenblick spürte sie einen heftigen Schlag unter ihrem Kinn
Al momento siguiente sintió un violento golpe debajo de la barbilla
Ihr Kinn hatte ihren Fuß getroffen!
¡Su barbilla había golpeado su pie!
Sie war sehr erschrocken über diese sehr plötzliche Veränderung
Estaba bastante asustada por este cambio tan repentino
Sie schrumpfte sehr schnell
Se estaba encogiendo muy rápidamente
Also aß sie schnell etwas von dem anderen Stück Pilz
Así que rápidamente se comió un poco del otro trozo de champiñón
Ihr Kinn war sehr eng gegen ihren Fuß gepresst
Su barbilla estaba muy presionada contra su pie
Es war kaum Platz, um den Mund aufzumachen
Apenas había espacio para abrir la boca
aber schließlich gelang es ihr, den Mund aufzumachen
Pero al fin logró abrir la boca
und sie schluckte einen Bissen von dem linken Stück
Y tragó un bocado del pedazo de la mano izquierda
»mein Kopf ist endlich frei!« sagte Alice
-¡Por fin me han liberado la cabeza! -exclamó Alicia-
Sie blickte an sich herunter
Se miró a sí misma
aber alles, was sie sehen konnte, war ein ungeheurer Hals
Pero todo lo que podía ver era una inmensa longitud de cuello
Ihr Hals schien sich wie ein Stiel zu erheben
Su cuello parecía elevarse como un tallo
Und sie blickte auf ein Meer von grünen Blättern hinab
Y miró hacia abajo sobre un mar de hojas verdes
"Wo sind meine Schultern geblieben?"
—¿A dónde han llegado mis hombros?
»Und ach, meine armen Hände, wie kommt es, daß ich euch nicht sehen kann?«
"Y oh, mis pobres manos, ¿cómo es que no puedo verte?"

Aber ihr Hals hatte einen Vorteil
Pero su cuello tenía un beneficio
Sie konnte ihren Kopf in jede Richtung bewegen
Podía mover la cabeza en cualquier dirección
Tatsächlich war sie wie eine Schlange
De hecho, era como una serpiente
Sie senkte anmutig ihren Kopf im Zickzack
Ella zigzagueó con gracia con la cabeza hacia abajo
Und sie bewegte ihren Kopf durch die Bäume
Y movió la cabeza entre los árboles
Aber dann hörte sie ein scharfes Zischen
Pero entonces oyó un silbido agudo
Und sie zog schnell den Kopf zurück
Y rápidamente echó la cabeza hacia atrás
Eine große Taube war ihr ins Gesicht geflogen
Una gran paloma había volado hacia su cara
und die Taube fuhr mit den Flügeln heftig zusammen
y la paloma se agitó violentamente con sus alas

»Schlange!« rief die Taube

-¡Serpiente! -exclamó la paloma-
"Ich bin keine Schlange!" sagte Alice entrüstet
-¡No soy una serpiente! -exclamó Alicia indignada-
"Laß mich in Ruhe!"
"¡Déjame en paz!"
"Ich habe die Wurzeln von Bäumen ausprobiert"
"He probado las raíces de los árboles"
"Und ich habe es mit Hecken versucht", fuhr die Taube fort
—Y he probado setos —prosiguió la paloma—
»Aber diese Schlangen! Man kann es ihnen nicht recht machen!"
—¡Pero esas serpientes! ¡No hay forma de complacerlos!"
Alice war immer verwirrter
Alicia estaba cada vez más desconcertada
"Als ob es nicht schon Mühe genug wäre, die Eier auszubrüten!" sagte die Taube
-Como si ya fuera bastante trabajo incubar los huevos -dijo la paloma-
"Tag und Nacht muss ich mich auch vor Schlangen in Acht nehmen!"
—¡De noche y de día también tengo que estar atento a las serpientes!
"Ich hatte gerade den höchsten Baum im Wald gefunden"
"Acababa de encontrar el árbol más alto del bosque"
"Wäre ich hier sicher frei von Schlangen?"
—¿Estaría libre de serpientes aquí?
"Und heraus kommt eine Schlange vom Himmel!"
"¡Y sale una serpiente del cielo!"
"Aber ich bin keine Schlange, sage ich dir!" sagte Alice
-¡Pero yo no soy una serpiente, te lo aseguro! -dijo Alicia-
"Ich bin ein... Ich bin ein... Ich bin ein kleines Mädchen«, fügte sie etwas zweifelnd hinzu
"Soy un... Soy un... Soy una niña —añadió con cierta duda—
Schließlich hatte sie viele Veränderungen durchgemacht
Después de todo, había estado pasando por muchos cambios
"Du suchst Eier!" sagte die Taube
—Estás buscando huevos —dijo la paloma—

"Das weiß ich mit Sicherheit"
"Lo sé con certeza"
"Und was macht es aus, ob du ein kleines Mädchen oder
eine Schlange bist?"
—¿Y qué importa si eres una niña o una serpiente?
»Es liegt mir sehr viel daran,« sagte Alice hastig
—A mí me importa mucho —dijo Alicia apresuradamente—
"Aber ich bin nicht auf der Suche nach Eiern, wie es der
Zufall will"
"pero no estoy buscando huevos, como suele ser"
"Und ich würde deine Eier sowieso nicht wollen"
"Y de todos modos no querría tus huevos"
"Ich mag meine Eier nicht roh"
"No me gustan los huevos crudos"
»Nun, dann fort!« sagte die Taube in mürrischem Tone
-¡Pues váyase! -dijo la paloma en tono malhumorado-
und die Taube ließ sich wieder in ihrem Nest nieder
Y la paloma se instaló de nuevo en su nido
Alice kauerte sich zwischen die Bäume, so gut sie konnte
Alicia se agachó entre los árboles lo mejor que pudo
Ihr Hals verfing sich immer wieder zwischen den Ästen
Su cuello no dejaba de enredarse entre las ramas
Hin und wieder musste sie anhalten und ihren Hals
aufdrehen
De vez en cuando tenía que detenerse y desenroscar el cuello
Nach einer Weile erinnerte sie sich an den Pilz
Al cabo de un rato se acordó de la seta
Sie hielt die Pilzstücke noch immer in ihren Händen
Todavía sostenía los trozos de hongo en sus manos
Und sie machte sich sehr vorsichtig an die Arbeit
Y se puso a trabajar con mucho cuidado
Zuerst knabberte sie an einem Stück
Primero mordisqueó una pieza
Und dann knabberte sie an dem anderen Stück
Y luego mordisqueó la otra pieza
Manchmal wurde sie größer
A veces crecía

und manchmal wurde sie kleiner
y a veces se acortaba
Aber schließlich erreichte sie ihre übliche Größe
pero finalmente alcanzó su altura habitual
Sie war schon seit einiger Zeit nicht mehr so groß wie sie selbst
Hacía tiempo que no era de su estatura
So fühlte sich alles eine Zeit lang seltsam an
Así que todo se sintió extraño por un tiempo
"Das nächste, was zu tun ist, ist, in diesen schönen Garten zu gehen"
"Lo siguiente que hay que hacer es entrar en ese hermoso jardín"
»wie soll man das machen?«
—¿Cómo se va a hacer eso, me pregunto?
Während sie dies sagte, stieß sie auf einen offenen Platz
Al decir esto, llegó a un lugar abierto
Da war ein kleines Haus, etwas höher als einen Meter
Había una casita, un poco más de un metro de altura
"Ich frage mich, wer in diesem kleinen Haus wohnt"
"Me pregunto quién vive en esta casita"
"So groß wie ich bin, kann ich sicher nicht reingehen"
"Ciertamente no puedo entrar tan grande como soy"
"Ich würde sie fürchterlich erschrecken!"
—¡Los asustaría terriblemente!
Also knabberte sie wieder an dem kleinen Pilz
Así que volvió a mordisquear el pequeño champiñón
Und bald brachte sie sich dreißig Zentimeter tief
Y pronto bajó treinta centímetros

Ein Schwein und etwas Pfeffer
Un cerdo y un poco de pimienta

Ein oder zwei Minuten lang stand sie da und betrachtete das Haus

Durante uno o dos minutos se quedó mirando la casa

Plötzlich kam ein Lakai aus dem Walde gerannt

De repente, un lacayo salió corriendo del bosque

Er trug eine spezielle Livree-Uniform

Vestía un uniforme especial

Seinem Gesicht nach zu urteilen, hätte sie ihn einen Fisch genannt

A juzgar solo por su rostro, ella lo habría llamado pez

und er klopfte laut mit den Fingerknöcheln an die Tür

Y golpeó fuertemente la puerta con los nudillos

Die Tür wurde von einem anderen Lakaien geöffnet

La puerta fue abierta por otro lacayo

Auch dieser Lakai trug eine besondere Livree

Este lacayo también llevaba una librea especial

Dieser Lakai hatte ein rundes Gesicht und große Augen wie ein Frosch

Este lacayo tenía una cara redonda y ojos grandes como los de una rana

Der Lakai, der wie ein Fisch aussah, leitete die Zeremonie ein
El lacayo, que parecía un pez, inició la ceremonia
Er zog etwas unter seinem Arm hervor
Sacó algo de debajo de su brazo
Und er zog unter seinem Arm einen Umschlag hervor
Y sacó de debajo del brazo un sobre
und diesen Umschlag übergab er dem andern Lakaien
Y este sobre se lo entregó al otro lacayo
In zeremoniellem Tone teilte er ihm die Befehle mit
En tono ceremonioso le comunicó las órdenes
"Diese Botschaft ist für die Herzogin"
"Este mensaje es para la duquesa"
"Eine Einladung der Königin zum Krocketspielen"
"Una invitación de la reina a jugar al croquet"
Der Lakai, der wie ein Frosch aussah, wiederholte den Befehl
El lacayo, que parecía una rana, repitió la orden
"Von der Königin"
"De la Reina"
"Eine Einladung"
"Una invitación"
"für die Herzogin"
"para la duquesa"
"Krocket spielen"
"Jugar al croquet"
Dann verbeugten sie sich beide tief
Entonces ambos se inclinaron profundamente
und die Locken in ihren Perücken verwickelten sich ineinander
y los rizos de sus pelucas se enredaron
Bald war der Lakai, der wie ein Fisch aussah, verschwunden
Pronto el lacayo que parecía un pez se había ido
Aber der Lakai, der wie ein Frosch aussah, war immer noch da
Pero el lacayo que parecía una rana todavía estaba allí
Er saß auf dem Boden in der Nähe der Tür

Estaba sentado en el suelo, cerca de la puerta
Er starrte dumm in den Himmel
Estaba mirando estúpidamente al cielo
Alice ging schüchtern zur Tür und klopfte
Alicia se acercó tímidamente a la puerta y llamó
»Es hat keinen Zweck, anzuklopfen,« sagte der Lakai
—Es inútil llamar a la puerta —dijo el lacayo—
"Und das aus zwei Gründen"
"Y eso es por dos razones"
"Erstens, weil ich auf der gleichen Seite der Tür stehe wie du"
"Primero, porque estoy del mismo lado de la puerta que tú"
"Zweitens, weil sie drinnen so viel Lärm machen"
"En segundo lugar, porque están haciendo mucho ruido dentro"
"Niemand könnte dich hören"
"Nadie podría escucharte"
Und es war gewiß ein höchst merkwürdiger Lärm im Innern
Y, ciertamente, había un ruido extraordinario en su interior
ein ständiges Heulen und Niesen
un aullido y estornudos constantes
und ab und zu ein Geräusch von großem Krachen
y de vez en cuando se oye un gran estruendo
als ob eine Schüssel oder ein Wasserkocher in Stücke zerbrochen wäre
como si un plato o una tetera se hubieran roto en pedazos
"Wie soll ich da reinkommen?" fragte Alice
-¿Cómo voy a entrar? -preguntó Alicia
»Wollen Sie überhaupt hineinkommen?« fragte der Lakai
—¿Deberías entrar? —dijo el lacayo—
"Das ist die erste Frage, weißt du"
"Esa es la primera pregunta, ya sabes"
Alice öffnete die Tür und trat ein
Alicia abrió la puerta y entró
Die Tür führte direkt in eine große Küche
La puerta conducía directamente a una gran cocina
Die Küche war von einem Ende bis zum anderen voller

Rauch
La cocina estaba llena de humo de un extremo a otro
in der Mitte der Küche saß die Herzogin
en medio de la cocina estaba la duquesa
Sie saß auf einem dreibeinigen Hocker
Estaba sentada en un taburete de tres patas
und sie stillte ein Baby
Y ella estaba amamantando a un bebé
Die Köchin beugte sich über das Feuer
El cocinero estaba inclinado sobre el fuego
Er rührte einen großen Kessel
Estaba removiendo un gran caldero
und der Kessel schien mit Suppe gefüllt zu sein
y el caldero parecía estar lleno de sopa
"Da ist sicher zu viel Pfeffer drin!" sagte Alice zu sich selbst
"¡Ciertamente hay demasiada pimienta en esa sopa!" —se dijo Alicia
Sie sagte es, so gut sie konnte, ohne zu niesen
Lo dijo lo mejor que pudo, sin estornudar
Sogar die Herzogin nieste gelegentlich
Incluso la duquesa estornudaba de vez en cuando
Aber die Handlungen des Babys waren am bemerkenswertesten
Pero las acciones del bebé fueron las más notables
Das Baby nieste und heulte abwechselnd
El bebé estornudaba y aullaba alternativamente
Es gab keinen Augenblick Pause zwischen Heulen und Niesen
No hubo un momento de pausa entre aullidos y estornudos
Es gab zwei Kreaturen in der Küche, die nicht niesten
Había dos criaturas en la cocina que no estornudaban
Die Köchin war zu beschäftigt, um zu niesen
El cocinero estaba demasiado ocupado para estornudar
Und die große Katze schien sich nicht an dem Pfeffer zu stören
Y al gran gato no pareció importarle el pimiento
Stattdessen grinste die große Katze von einem Ohr zum

anderen

En cambio, el gran gato sonreía de oreja a oreja

»Bitte, würdest du es mir sagen,« sagte Alice ein wenig schüchtern

-Por favor, ¿podría decírmelo -dijo Alicia, un poco tímidamente-

"Warum grinst deine Katze so?"

"¿Por qué tu gato sonríe así?"

»Es ist eine Cheshire-Katze,« sagte die Herzogin

-Es un gato de Cheshire -dijo la duquesa-

"Und deshalb grinst er von Ohr zu Ohr"

"Y por eso está sonriendo de oreja a oreja"

"Ich wusste nicht, dass eine Cheshire-Katze immer grinst"

"No sabía que un gato de Cheshire siempre sonreía"

"Eigentlich wusste ich nicht, dass Katzen grinsen können", sagte Alice

—De hecho, no sabía que los gatos podían sonreír —dijo Alicia—

»Es gibt vieles, was Sie nicht wissen,« sagte die Herzogin

-Hay muchas cosas que no sabes -dijo la duquesa-

"Es gibt vieles, was man nicht weiß, und das ist eine Tatsache"

"Hay muchas cosas que no sabes y eso es un hecho"

In diesem Augenblick nahm die Köchin den Kessel mit der Suppe vom Feuer

En ese momento, el cocinero retiró el caldero de sopa del fuego

Und sogleich fing sie an, alles in ihre Reichweite zu werfen

Y en seguida se puso a tirar todo lo que estaba a su alcance

sie warf alles, was sie konnte, auf die Herzogin und das Baby

arrojó todo lo que pudo a la duquesa y al bebé

Zuerst warf sie die Feuereisen

Primero arrojó los hierros de fuego

Dann warf sie eine Handvoll Töpfe

Luego tiró un puñado de cacerolas

und schließlich warf sie die Teller und Schüsseln

y finalmente tiró los platos y las fuentes
Die Herzogin nahm keine Notiz von ihr
La duquesa no le hizo caso
Selbst als sie von einem Teller getroffen wurde, machte sie sich keine Sorgen
Incluso cuando fue golpeada por un plato, no se preocupó
Das Baby heulte schon so viel
El bebé ya estaba aullando tanto
Es war also unmöglich zu sagen, ob die Schläge das Baby verletzt haben oder nicht
Así que era imposible decir si los golpes lastimaban al bebé o no
"Oh, gib bitte acht, was du tust!" rief Alice
—¡Oh, por favor, ten cuidado con lo que estás haciendo! — exclamó Alicia—
und sie sprang in Todesangst des Entsetzens auf und ab
Y saltaba de un lado a otro en una agonía de terror
die Herzogin bot Alice das Baby an
la duquesa le ofreció a Alicia el bebé
»Hier! Du kannst das Kind ein wenig stillen, wenn du willst!«
"¡Aquí! ¡Puedes amamantar un poco al bebé, si quieres!"
Und sie schleuderte das Kind nach ihr, während sie sprach
Y le arrojó al bebé mientras hablaba
"Ich muss gehen und mich darauf vorbereiten, mit der Königin Krocket zu spielen"
"Tengo que ir a prepararme para jugar al croquet con la reina"
und sie eilte aus dem Zimmer
Y se apresuró a salir de la habitación
Alice fing das Baby mit einiger Mühe auf
Alicia atrapó al bebé con cierta dificultad
weil es ein sehr seltsam geformtes kleines Wesen war
porque era una criatura de forma muy extraña
Und das Kind streckte seine Arme und Beine nach allen Richtungen aus
Y el bebé extendió los brazos y las piernas en todas direcciones
"Das Kind nehme ich lieber mit!" dachte Alice

«Será mejor que me lleve a este niño conmigo», pensó Alicia

"Sie werden dieses Baby sicher in ein oder zwei Tagen töten"

"Seguro que matarán a este bebé en uno o dos días"

"Wäre es nicht Mord, dieses Baby zurückzulassen?"

—¿No sería un asesinato dejar atrás a este bebé?

Sie sprach die letzten Worte laut aus

Dijo las últimas palabras en voz alta

Und das kleine Ding grunzte als Antwort

Y la cosita gruñó en respuesta

"Du verwandelst dich am besten nicht in ein Schwein, meine Liebe!" sagte Alice

—Será mejor que no te conviertas en un cerdo, querida —dijo Alicia—

"sonst habe ich nichts mehr mit dir zu tun"

"o de lo contrario no tendré nada más que ver contigo"

Alice fing eben an, bei sich selbst zu denken:

Alicia empezaba a pensar para sí misma:

»Nun, was soll ich mit diesem Geschöpf anfangen, wenn ich es nach Hause bringe?«

"Ahora, ¿qué voy a hacer con esta criatura cuando la lleve a casa?"

Aber dann grunzte das kleine Geschöpf ein wenig heftig

Pero entonces la pequeña criatura gruñó un poco violentamente

und Alice sah ihm erschrocken ins Gesicht

y Alicia lo miró a la cara con cierta alarma

Diesmal konnte es keinen Irrtum geben

Esta vez no podía haber error al respecto

Es war nicht mehr und nicht weniger als ein Schwein

No era ni más ni menos que un cerdo

Da setzte sie das kleine Geschöpf ab

Así que dejó a la pequeña criatura en el suelo

und das kleine Geschöpf trabte leise in den Wald hinein

y la pequeña criatura se aleja trotando tranquilamente hacia el bosque

Alice war ziemlich erleichtert, als sie die Kreatur

verschwinden sah

Alicia se sintió bastante aliviada al ver que la criatura se iba

Alice erschrak ein wenig, als sie die Cheshire-Katze sah

Alicia se sobresaltó un poco al ver al Gato de Cheshire

Er saß auf einem Ast eines Baumes, ein paar Meter entfernt

Estaba sentado en la rama de un árbol a pocos metros de distancia

Die Katze grinste nur, als sie sie sah

El gato solo sonrió cuando la vio

»Cheshire-Katze,« begann Alice etwas schüchtern

—Gato de Cheshire —empezó Alicia, bastante tímidamente—

»Würden Sie mir bitte sagen, welchen Weg ich von hier aus einschlagen soll?«

—¿Podría decirme, por favor, qué camino debo tomar desde aquí?

"In diese Richtung", sagte die Katze

—En esa dirección —dijo el gato—

Und er fuchtelte mit der rechten Pfote herum

Y agitó la pata derecha

"In dieser Richtung lebt ein Hutmacher"

"En esa dirección vive un fabricante de sombreros"

Und dann winkte die Katze mit der anderen Pfote

Y entonces el gato agitó su otra pata

"Und in dieser Richtung wohnt ein Märzhase"

"Y en esa dirección vive una liebre de marzo"

»Besuchen Sie, wen Sie wollen; Sie sind beide verrückt"

"Visita a cualquiera de los que quieras; los dos están locos"

»Aber ich will nicht unter Verrückte gehen«, bemerkte Alice

—Pero yo no quiero andar entre locos —comentó Alicia—

"Ach, dafür kannst du nicht helfen!" sagte die Katze

—Oh, no puedes evitarlo —dijo el Gato—

"Wir sind alle verrückt hier"

"Aquí estamos todos locos"

"Spielst du heute Krocket mit der Queen?"

"¿Vas a jugar al croquet con la reina hoy?"

"Das würde ich sehr gerne!" sagte Alice

—Me gustaría mucho —dijo Alicia—

"aber ich bin noch nicht eingeladen worden"

"pero todavía no me han invitado"

"Du wirst mich dort sehen!" sagte die Katze

—Allí me verás —dijo el Gato—

Und von einem Augenblick auf den anderen verschwand die Katze

Y de un momento a otro el gato desapareció

bald kam Alice in Sichtweite des Hauses des Märzhasen

pronto Alicia llegó a la vista de la casa de la liebre de marzo

Das war ein sehr großes Haus

Era una casa muy grande

Alice wollte also nicht in die Nähe des Hauses gehen

así que Alicia no quiso acercarse a la casa

Zuerst musste sie noch etwas von dem linken Stück Pilz knabbern

Primero tuvo que mordisquear un poco más del trozo de champiñón del lado izquierdo

Eine verrückte Teeparty
Una fiesta de té loca

Vor dem Haus stand ein Baum
Delante de la casa había un árbol
Und unter dem Baum stand ein Tisch
y debajo del árbol había una mesa
und der Tisch war mit allerlei Besteck gedeckt
y la mesa estaba puesta con toda clase de cubiertos
Der Märzhase und der Hutmacher saßen bei Tisch
La Liebre de Marzo y el Sombrerero estaban sentados a la
mesa
und zusammen tranken sie Tee
y juntos estaban tomando el té
Ein Siebenschläfer saß zwischen ihnen
Un lirón estaba sentado entre ellos
und der Siebenschläfer schlief fest
y el lirón se durmió profundamente
Der Tisch war von außergewöhnlicher Größe
La mesa era de un tamaño extraordinario
Aber der größte Teil des Tisches war unbesetzt
Pero la mayor parte de la mesa estaba desocupada
Sie saßen dicht gedrängt an einer Ecke des Tisches
Se sentaron apiñados en una esquina de la mesa
und doch entschuldigten sie sich, als sie Alice sahen
y, sin embargo, se excusaban cuando veían a Alicia
»Kein Platz! Kein Platz!« schrien sie
"¡No hay espacio! ¡No hay lugar!", gritaron
»Es ist viel Platz!« sagte Alice entrüstet
-¡Hay sitio de sobra! -exclamó Alicia indignada-
An einem Ende des Tisches stand ein großer Sessel
En un extremo de la mesa había un gran sillón
und Alice setzte sich in den Sessel
y Alicia se sentó en el sillón
Der Hutmacher riss die Augen weit auf
El sombrerero abrió mucho los ojos
Er konnte nicht glauben, was er da sah
No podía creer lo que estaba viendo

aber sein Geist war neugierig auf andere Dinge

Pero su mente tenía curiosidad por otras cosas

»Warum ist ein Rabe wie ein Schreibtisch?«

—¿Por qué un cuervo es como un escritorio?

Alice war offen für die Herausforderung

Alicia estaba abierta al reto

"Ich bin froh, dass sie angefangen haben, Rätsel zu stellen"

"Me alegro de que hayan empezado a hacer adivinanzas"

»Ich glaube, das kann ich erraten«, fügte sie laut hinzu

—Creo que puedo adivinarlo —añadió en voz alta—

Der Märzhase wurde neugierig auf Alice

La liebre de marzo sintió curiosidad por Alicia

"Glaubst du wirklich, dass du die Antwort finden kannst?"

"¿De verdad crees que puedes encontrar la respuesta?"

»Ich glaube, ich kann die Antwort finden,« sagte Alice

—Creo que puedo encontrar la respuesta —dijo Alicia—

»Dann sollst du sagen, was du meinst,« fuhr der Märzhase
fort

—Entonces deberías decir lo que quieres decir —prosiguió la
liebre de la marcha—

»Ich sage, was ich meine,« erwiderte Alice hastig

—Digo lo que quiero decir —respondió Alicia
apresuradamente—

"Zumindest meine ich ernst, was ich sage"

"por lo menos quiero decir lo que digo"

"Das ist dasselbe, weißt du"

"Es lo mismo, ¿sabes?"

Auch der Siebenschläfer trug zu dem Gespräch bei

El lirón también contribuyó a la conversación

Aber der Siebenschläfer schien im Schlaf zu sprechen

Pero el lirón parecía estar hablando en sueños

"Ich atme, wenn ich schlafe"

"Respiro cuando duermo"

"Ich schlafe, wenn ich atme!"

"¡Duermo cuando respiro!"

"Man könnte genauso gut sagen, dass sie auch gleich sind"

"Bien podría decirse que también son lo mismo"

"So ist es auch bei dir!" sagte der Hutmacher
-A ti te pasa lo mismo -dijo el sombrerero-
und er goß ein wenig Tee über die Nase des Siebenschläfers
Y echó un poco de té en la nariz del lirón
Das Murmelthier schüttelte ungeduldig den Kopf
El Lirón sacudió la cabeza con impaciencia
**Und wieder sprach das Murmelmaus, ohne die Augen zu
öffnen**
Y volvió a hablar el Lirón, sin abrir los ojos
"Natürlich, natürlich ist es dasselbe"
"Por supuesto, por supuesto que es lo mismo"
"Das wollte ich ja auch sagen"
"eso es justo lo que iba a decir yo mismo"

Der Hutmacher wandte sich an Alice und stellte eine weitere Frage
El sombrerero se volvió hacia Alicia y le hizo otra pregunta
"Hast du das Rätsel schon erraten?"
—¿Ya has adivinado el enigma?
"Nein, ich gebe auf", gab Alice zu
—No, me rindo —concedió Alicia—
"Was ist die Antwort?", wollte sie wissen
"¿Cuál es la respuesta?", quiso saber
»Ich habe nicht die geringste Ahnung,« sagte der Hutmacher
—No tengo la menor idea —dijo el sombrerero—
"Ich weiß es auch nicht!" sagte der Märzhase
-Ni yo lo sé -dijo la liebre-
Alice stieß einen müden Seufzer aus
Alicia dio un suspiro de cansancio
"Es gibt eine bessere Nutzung der Zeit als Rätsel ohne Antworten"
"Hay mejores usos del tiempo que los enigmas sin respuestas"
»Trinken Sie noch etwas Tee,« sagte der Märzhase sehr ernst zu Alice
-¡Toma un poco más de té! -dijo la liebre a Alicia, muy seriamente-
Alice war ziemlich beleidigt über das Angebot
Alicia se sintió bastante ofendida por la oferta
»Ich habe noch keinen Tee getrunken,« erwiderte Alice
—Todavía no he tomado el té —respondió Alicia—
"Deshalb kann ich keinen Tee mehr trinken"
"por lo tanto, no puedo tomar más té"
»Du meinst, weniger Tee kannst du nicht haben«, sagte der Hutmacher
—Quieres decir que no puedes tomar menos té —dijo el sombrerero—
"Es ist sehr einfach, mehr als nichts zu nehmen"
"Es muy fácil llevarse más que nada"
Bei diesen Worten erhob sich Alice und ging fort
Al oír esto, Alicia se levantó y se marchó
Der Siebenschläfer schlief augenblicklich ein

El lirón se durmió al instante
und keiner der andern nahm die geringste Notiz davon, daß sie ging
y ninguno de los otros hizo la menor atención de que ella se fuera
obwohl sie ein- oder zweimal zurückblickte
aunque miró hacia atrás una o dos veces
Sie versuchten, den Siebenschläfer in die Teekanne zu stecken
Intentaban meter el lirón en la tetera
"Jedenfalls werde ich nie wieder dorthin gehen!" sagte Alice
-De todos modos, ¡no volveré a ir allí! -dijo Alicia-
Und sie ging ihren Weg durch den Wald
Y ella caminó su camino a través del bosque
"Das war die dümmste Teeparty, auf der ich je war"
"Esa fue la fiesta del té más estúpida a la que he ido en mi vida"
Gerade als sie das sagte, bemerkte sie etwas
Justo cuando dijo esto, notó algo
Einer der Bäume hatte eine Tür, die direkt hineinführte
Uno de los árboles tenía una puerta que daba directamente a él
»Das ist sehr interessant!« dachte sie
"¡Eso es muy interesante!", pensó
"Ich denke, ich kann genauso gut durch die Tür gehen"
"Creo que es mejor que pase por la puerta"
Und durch die Tür ging sie
Y entró por la puerta
Wieder befand sie sich in der langen Halle
Una vez más se encontró en el largo pasillo
Wieder stand sie dicht an dem kleinen Glastisch
De nuevo estaba cerca de la mesita de cristal
Sie nahm den kleinen goldenen Schlüssel
Ella tomó la pequeña llave de oro
und sie schloß die Tür auf, die in den Garten führte
Y abrió la puerta que daba al jardín
Dann machte sie sich daran, an dem Pilz zu knabbern

Luego se puso manos a la obra mordisqueando el hongo
Sie hatte ein Stück des Pilzes in ihrer Tasche aufbewahrt
Había guardado un trozo de la seta en el bolsillo
Und schließlich war sie etwa einen Meter groß
Y, por último, medía alrededor de un metro de altura
dann ging sie den kleinen Korridor hinunter
Luego caminó por el pequeño pasillo
**Und dann fand sie sich endlich in dem schönen Garten
wieder**
Y entonces finalmente se encontró en el hermoso jardín
**Und sie war zwischen den hellen Blumen und den kühlen
Springbrunnen**
y ella estaba entre la flor brillante y las fuentes frescas

Der Krocketplatz der Königinnen
El campo de croquet de la reina

Ein großer Rosenstrauch stand in der Nähe des Eingangs des Gartens
Un gran rosal se alzaba cerca de la entrada del jardín
Die Rosen, die an dem Baum wuchsen, waren weiß
Las rosas que crecían en el árbol eran blancas
aber es waren drei Gärtner, die die Rose bemalten
Pero había tres jardineros pintando la rosa
Sie waren damit beschäftigt, die Rosen rot zu färben
Estaban ocupados pintando las rosas de rojo
und Alice sah zu, wie sie die Rosen rot färbten
y Alicia los miraba pintar las rosas de rojo
und plötzlich fielen ihre Augen zufällig auf Alice
y de repente sus ojos se posaron por casualidad en Alicia
Alice sprach ein wenig schüchtern
Alicia habló un poco tímidamente
»Würden Sie es mir bitte sagen?«
—¿Podría decírmelo, por favor?
"Warum malt ihr alle diese Rosen?"
"¿Por qué están pintando todas esas rosas?"
Fünf und Sieben sagten nichts, sondern sahen zwei an
Cinco y siete no dijeron nada, pero miraron a dos
zwei Sprecher, mit leiser Stimme
Dos hablaron, en voz baja
»Nun, die Sache ist die, sehen Sie, gnädige Frau.«
"Vaya, el hecho es que ya lo ve, señora"
"Das hier hätte ein roter Rosenstrauch sein sollen"
"Esto de aquí debería haber sido un rosal rojo"
"Und wir haben aus Versehen einen weißen Rosenstrauch hineingesetzt"
"Y pusimos un rosal blanco por error"
"Wie Sie mir zustimmen würden, darf die Königin es nicht herausfinden"
"Como estarás de acuerdo, la Reina no debe enterarse"
"Sonst würden wir uns allen die Köpfe abschneiden"
"De lo contrario, nos cortarían la cabeza a todos"

"Sie sehen also, gnädige Frau, wir tun unser Bestes"
"Así que ya ve, señora, estamos haciendo lo mejor que
podemos"
Karte fünf hatte ängstlich über den Garten geschaut
La Carta Cinco había estado mirando ansiosamente a través
del jardín
**In diesem Augenblick rief die fünfte Karte: "Die Königin!
Die Königin!"**
En ese momento, la carta cinco gritó: "¡La reina! ¡La reina!"
und die drei Gärtner eilten augenblicklich davon
Y los tres jardineros se escabulleron al instante
und sie warfen sich flach auf ihre Gesichter
Y se arrojaron de bruces
Man hörte das Geräusch vieler Schritte
Se oyó el sonido de muchos pasos
Alice sah sich um, begierig darauf, die Königin zu sehen
Alicia miró a su alrededor, ansiosa por ver a la reina
Am Anfang des Zuges standen zehn Soldaten
Al comienzo de la procesión había diez soldados
Ihre Hände und Füße waren in den Ecken
Sus manos y pies estaban en las esquinas
und in ihren Händen und Füßen waren Keulen
y en sus manos y pies había garrotes
Als nächstes kamen die zehn Höflinge
Luego vinieron los diez cortesanos
**die Höflinge waren über und über mit Diamanten
geschmückt**
Los cortesanos estaban adornados con diamantes
Nach den Höflingen kamen die königlichen Kinder
Después de los cortesanos venían los hijos reales
Es waren zehn der königlichen Kinder
Eran diez los hijos de la realeza
und alle königlichen Kinder waren mit Herzen geschmückt
y todos los niños reales estaban adornados con corazones
Dann kamen die Gäste; Meist Könige und Königinnen
Luego vinieron los invitados; en su mayoría reyes y reinas
und unter den Königen und Königinnen sah Alice jemanden

y entre los reyes y la reina, Alicia vio a alguien
Sie sah wieder das weiße Kaninchen, das sie gejagt hatte
Volvió a ver al conejo blanco que había perseguido
Der Prozession folgte der Spitzbube der Herzen
La procesión fue seguida por la sota de los corazones
Er trug die Krone des Königs
Llevaba la corona del rey
und die Krone des Königs lag auf einem purpurnen Samtkissen
y la corona del rey estaba sobre un cojín de terciopelo carmesí
Und dann kam das Ende dieser großen Prozession
Y entonces llegó el final de esta gran procesión
Und da waren am Ende der König und die Königin der Herzen
Y allí, al final, estaban el Rey y la Reina de Corazones
der Zug kam Alice gegenüber
la procesión venía frente a Alicia
Und alle blieben stehen und sahen sie an
Y todos se detuvieron y la miraron
Und die Königin sprach streng: "Wer ist das?"
Y la reina dijo severamente: "¿Quién es éste?"
Sie sagte es zum Herzknaben
Se lo dijo a la Sota de Corazones
aber er verbeugte sich nur und lächelte als Antwort
Pero él se limitó a hacer una reverencia y a sonreír en respuesta
Alice sprach sehr höflich
Alicia habló muy cortésmente
"Mein Name ist Alice, also bitte, Eure Majestät"
"Mi nombre es Alicia, así que por favor, su majestad"
Aber sie hatte andere Gedanken für sich
Pero ella tenía otros pensamientos para sí misma
"Es ist doch nur ein Kartenspiel!"
"¡Después de todo, son solo un mazo de cartas!"
»Kannst du Krocket spielen?« rief die Königin
"¿Sabes jugar al croquet?", gritó la reina
Die Frage war offenbar an Alice gerichtet

Era evidente que la pregunta iba dirigida a Alicia
"Ja!" sagte Alice laut
-¡Sí! -dijo Alicia en voz alta-
"Komm also spielen!" brüllte die Königin
—¡Ven a jugar! —rugió la reina—
sprach eine schüchterne Stimme zu Alice
una voz tímida le habló a Alicia
"Es ist ein sehr schöner Tag!"
"¡Es un día muy hermoso!"
Sie ging an dem weißen Kaninchen vorbei
Caminaba junto al conejo blanco
und das weiße Kaninchen guckte ihr ängstlich ins Gesicht
y el Conejo Blanco la miraba ansiosamente a la cara
»ein sehr schöner Tag,« bestätigte Alice
—Un día muy bueno —confirmó Alicia—
»Wo ist die Herzogin?«
—¿Dónde está la duquesa?
»Still! Still!" sagte das Kaninchen
"¡Silencio! ¡Silencio!", dijo el Conejo
"Sie ist zum Tode verurteilt"
"Está condenada a muerte"
»Wofür wird sie hingerichtet?« fragte Alice
—¿Por qué la ejecutan? —preguntó Alicia
"Sie hat der Königin die Ohren abgewetzt", begann das Kaninchen
—Le ha rayado las orejas a la reina —empezó a decir el conejo—
schrie die Königin mit Donnerstimme
—gritó la Reina con voz de trueno—
"Ran an eure Plätze!"
"¡Vayan a sus lugares!"
Und die Leute rannten in alle Richtungen herum
Y la gente empezó a correr en todas direcciones
Und sie fielen alle aneinander
y todos tropezaron unos con otros
Sie hatten sich jedoch in ein oder zwei Minuten beruhigt
Sin embargo, se calmaron en uno o dos minutos

Und dann begann das Spiel
Y entonces comenzó el juego
Alice hatte noch nie einen so merkwürdigen Krocketplatz gesehen
Alicia nunca había visto un campo de croquet tan curioso
Das Gras bestand nur aus Graten und Furchen
La hierba era todo crestas y surcos
Die Krocketbälle waren echte Igel
Las bolas de croquet eran erizos de verdad
und die Schlägel waren echte Flamingos
y los mazos eran flamencos de verdad
und die Soldaten standen auf Händen und Füßen
Y los soldados se pusieron de pie sobre sus manos y sus pies
weil die Bögen aus ihren Körpern gemacht wurden
porque los arcos estaban hechos de sus cuerpos
Die Spieler spielten alle gleichzeitig
Todos los jugadores jugaron a la vez
Niemand wartete, bis er an der Reihe war
Nadie esperó su turno
und jeder stritt sich mit jedem
y todos se peleaban con todos
und alle kämpften für die Igel
y todos luchaban por los erizos
Bald geriet die Königin in eine wütende Leidenschaft
Pronto la reina se vio presa de una furiosa pasión
Und sie fing an, herumzustampfen und zu schreien
Y empezó a patalear y a gritar
»Hacken Sie ihm den Kopf ab!«
"¡Córtale la cabeza!"
"Hack ihr den Kopf ab!"
"¡Córtale la cabeza!"
"Hackt ihnen alle Köpfe ab!"
"¡Córtale la cabeza a todos!"
Wieder dachte Alice bei sich.
De nuevo Alicia pensó para sí misma
"Sie lieben es schrecklich, hier Menschen zu enthaupten"
"Son terriblemente aficionados a decapitar a la gente aquí"

"Das große Wunder ist, dass überhaupt noch jemand am Leben ist!"
"¡La gran maravilla es que quede alguien vivo!"
Sie sah sich nach einem Ausweg um
Buscaba alguna vía de escape
Sie bemerkte eine merkwürdige Erscheinung in der Luft
Notó una curiosa apariencia en el aire
»Es ist die Cheshire-Katze,« sagte sie zu sich selbst
«Es el gato de Cheshire», se dijo a sí misma
"Jetzt habe ich jemanden, mit dem ich reden kann"
"Ahora tendré a alguien con quien hablar"
"Wie geht es dir?" fragte die Katze
—¿Cómo te va? —preguntó el gato
»Ich glaube nicht, daß sie ganz und gar fair spielen«, sagte Alice
—No creo que jueguen nada limpio —dijo Alicia—
Und sie hatte einen ziemlich klagenden Ton
Y tenía un tono bastante quejumbroso
"Sie streiten sich alle so fürchterlich"
"Todos se pelean tan terriblemente"
"Man hört sich selbst nicht sprechen"
"Uno no se oye hablar"
"Und sie scheinen sich nicht an irgendwelche Regeln zu halten"
"Y no parecen jugar con ninguna regla"
die Katze stellte Alice mit leiser Stimme eine Frage
el gato le hizo una pregunta a Alicia en voz baja
"Wie gefällt dir die Königin?"
—¿Qué te parece la reina?
»Ich mag sie gar nicht,« sagte Alice
—No me gusta nada —dijo Alicia—

Alice dachte, sie könnte genauso gut zurückgehen
Alicia pensó que sería mejor que volviera
Sie wollte sehen, wie das Spiel läuft
Quería ver cómo iba el partido
Sie machte sich auf die Suche nach ihrem Igel
Se fue en busca de su erizo
Der Igel war damit beschäftigt, gegen einen anderen Igel zu kämpfen
El erizo estaba ocupado luchando contra otro erizo
Das war eine ausgezeichnete Gelegenheit
Esta fue una excelente oportunidad
Sie konnte einen Igel mit dem anderen krocketen
Podía hacer croquet a un erizo con el otro
Aber ihr Flamingo war auf der anderen Seite des Gartens
Pero su flamenco estaba al otro lado del jardín
Der Flamingo war ziemlich tollpatschig
El flamenco era bastante torpe
Ihr Flamingo versuchte, gegen einen Baum zu fliegen
Su flamenco intentaba volar hacia un árbol

Sie packte den Flamingo am Bein
Atrapó al flamenco por la pierna
Und sie schob sich den Flamingo unter den Arm
Y guardó el flamenco bajo el brazo
So konnte der Flamingo nicht mehr entkommen
De esa manera, el flamenco no pudo escapar de nuevo
In diesem Augenblick traf Alice zufällig die Herzogin
Justo en ese momento Alicia se encontró con la duquesa
Die Herzogin war nun aus dem Gefängnis entlassen worden
La duquesa ya había salido de la cárcel
Sie schob ihren Arm liebevoll unter Alices Arm
Metió cariñosamente su brazo bajo el brazo de Alicia
Und dann gingen sie zusammen fort
Y luego se fueron juntos
Alice war sehr froh, sie in so angenehmer Laune zu finden
Alicia se alegró mucho de encontrarla de tan buen humor
Sie erschrak jedoch ein wenig
Sin embargo, estaba un poco asustada
Sie hörte die Stimme der Herzogin dicht an ihrem Ohr
Oyó la voz de la duquesa cerca de su oído
"Du denkst über etwas nach, meine Liebe"
"Estás pensando en algo, querida"
"Und das lässt dich das Reden vergessen"
"Y eso hace que te olvides de hablar"
»Das Spiel geht jetzt etwas besser«, sagte Alice
—El juego va bastante mejor ahora —dijo Alicia—
Es war eine Möglichkeit, das Gespräch am Laufen zu halten
Era una forma de mantener la conversación
»So ist es,« sagte die Herzogin
-Así es -dijo la duquesa-
"Und die Moral davon ist folgende."
"Y la moraleja de eso es esta:"
"Es ist die Liebe, die alles macht!"
"¡Es el amor el que lo hace todo!"
"Liebe ist das, was die Welt bewegt"
"El amor es lo que hace que el mundo gire"
Alice hatte eine andere Erklärung

Alicia tenía otra explicación
**"Das macht jeder, der sich um seine eigenen
Angelegenheiten kümmert!"**
"¡Lo hace todo el mundo ocupándose de sus propios asuntos!"
»Ah, gut! Du könntest Recht haben"
—¡Ah, bueno! Podrías tener razón"
»Es bedeutet alles ziemlich dasselbe,« sagte die Herzogin
-Todo significa lo mismo -dijo la duquesa-
und sie grub ihr spitzes kleines Kinn in Alices Schulter
y hundió su afilada barbilla en el hombro de Alicia
"Und die Moral davon ist folgende"
"Y la moraleja de eso es esta"
"Kümmere dich um die Sinne"
"Cuida el sentido"
"Und dann erledigen sich die Klänge von selbst"
"Y entonces los sonidos se encargarán de sí mismos"
Aber dann fing der Arm der Herzogin an zu zittern
Pero entonces el brazo de la duquesa empezó a temblar
Alice blickte auf und da stand die Königin
Alicia alzó la vista y allí estaba la reina
Die Königin hatte die Arme verschränkt
La reina tenía los brazos cruzados
Und sie runzelte die Stirn wie ein Gewitter!
¡Y ella fruncía el ceño como una tormenta eléctrica!
»Ich warne dich!« schrie die Königin
—Te advierto —gritó la reina—
Und sie stampfte auf den Boden, während sie sprach
Y pisoteó el suelo mientras hablaba
"Entweder dein Kopf oder ihr Kopf muss ausgeschaltet sein"
"O tu cabeza o la suya deben estar cortadas"
"Treffen Sie Ihre Wahl!"
"¡Toma tu decisión!"
"Und beeilen Sie sich"
"Y ser rápido al respecto"
Die Herzogin traf ihre Wahl
La duquesa hizo su elección
und in einem Augenblick war die Herzogin verschwunden

Y al cabo de un instante la duquesa se fue
Da sprach die Königin zu Alice
Entonces la reina le habló a Alicia
"Weiter geht's mit dem Spiel"
"Sigamos con el juego"
Alice war zu erschrocken, um ein Wort zu sagen
Alicia estaba demasiado asustada para decir una palabra
und langsam folgte sie ihrem Rücken zum Krocketplatz
Y la siguió lentamente hasta el campo de croquet
Die ganze Zeit stritt sich die Dame mit den anderen Spielern
Todo el tiempo la Reina se peleó con los otros jugadores
»Hacken Sie ihm den Kopf ab!«
"¡Córtale la cabeza!"
"Hack ihr den Kopf ab!"
"¡Córtale la cabeza!"
"Hackt ihnen alle Köpfe ab!"
"¡Córtale la cabeza a todos!"
Bald waren alle Spieler in Gewahrsam
Pronto todos los jugadores estaban bajo custodia
nur der König, die Königin und Alice blieben zurück
solo quedaron el rey, la reina y Alicia
Da ging die Königin, ganz außer Atem
Entonces la reina se marchó, casi sin aliento
und sie ging mit Alice fort
y se fue con Alicia
Alice hörte, wie der König leise etwas sagte
Alicia oyó que el rey decía algo en voz baja
"Ihr seid alle begnadigt"
"Estáis todos perdonados"
aber plötzlich hörte man einen neuen Schrei
Pero de repente se oyó otro grito
"Der Prozess beginnt!"
"¡El juicio está comenzando!"
und Alice lief mit den andern
y Alicia corrió con los demás

Wer hat die Torten gestohlen?

¿Quién robó las tartas?

Der Herzkönig und die Herzkönigin saßen
El rey y la reina de corazones estaban sentados
sie saßen auf ihrem Thron, als Alice ankam
estaban en su trono cuando llegó Alicia
Eine große Menschenmenge war um sie herum versammelt
Había una gran multitud reunida a su alrededor
Es gab allerlei kleine Vögel und Bestien
Había todo tipo de pajaritos y bestias
Und da war das ganze Kartenspiel
Y allí estaba toda la baraja de cartas
Der Spitzbube stand in Ketten vor ihnen
La sota estaba de pie frente a ellos, encadenada
und auf jeder Seite war ein Soldat, der ihn bewachte
y había un soldado a cada lado para custodiarlo
in der Nähe des Königs war das weiße Kaninchen
cerca del Rey estaba el conejo blanco
Er hatte eine Trompete in der einen Hand
Tenía una trompeta en una mano
Und in der andern Hand hielt er eine Pergamentrolle
y tenía un rollo de pergamino en la otra mano
In der Mitte des Platzes stand ein Tisch
En el centro del patio había una mesa
Auf dem Tisch stand eine große Schüssel mit Torten
Sobre la mesa había un gran plato de tartas
**"Ich wünschte, sie würden den Prozess zu Ende bringen",
dachte Alice**
«Ojalá hicieran el juicio», pensó Alicia
"Dann könnten wir etwas von diesen Erfrischungen essen!"
—¡Entonces podríamos comer algunos de esos refrescos!

Der Richter war übrigens der König
El juez, por cierto, era el rey
und er trug seine Krone über seiner großen Perücke
y llevaba su corona sobre su gran peluca
»Das ist die Loge der Geschworenen!« dachte Alice
«Ésa es la tribuna del jurado», pensó Alicia
"Und diese zwölf Geschöpfe, ich nehme an, sie sind die Geschworenen"
"Y esas doce criaturas, supongo que son los miembros del jurado"
einige waren Tiere, andere waren Vögel
algunos eran animales y otros eran pájaros
In diesem Augenblick schrie das weiße Kaninchen auf
En ese momento el conejo blanco gritó
"Schweigen im Gericht!"

"¡Silencio en la corte!"
»Herold, lesen Sie die Anklage!« sagte der König
"¡Heraldo, lee la acusación!", dijo el rey
Das weiße Kaninchen blies drei Stöße auf die Trompete
El Conejo Blanco tocó tres veces la trompeta
dann entrollte er die Pergamentrolle
Luego desenrolló el rollo de pergamino
Und er las folgendes:
Y leyó lo siguiente:
"Die Königin der Herzen, sie hat ein paar Torten gebacken."
"La reina de corazones, hizo unas tartas"
"All das tat sie an einem Sommertag"
"Todo esto lo hizo en un día de verano"
"Der Schurke der Herzen, er hat diese Torten gestohlen"
"La sota de los corazones, robó esas tartas"
"Und er hat diese Torten weit weg gebracht!"
—¡Y se llevó esas tartas muy lejos!
»Rufen Sie den ersten Zeugen,« sagte der König
—Llama al primer testigo —dijo el rey—
und das weiße Kaninchen blies drei Stöße auf die Trompete
y el conejo blanco tocó tres veces la trompeta
»Bringt den ersten Zeugen!« rief er
"¡Traigan al primer testigo!", gritó
Der erste Zeuge war der Hutmacher
El primer testigo fue el sombrerero
Er kam mit einer Teetasse in der einen Hand herein
Entró con una taza de té en una mano
Und in der anderen Hand hatte er ein Stück Brot und Butter
Y tenía un pedazo de pan con mantequilla en la otra mano
»Du hättest fertig sein sollen,« sagte der König
—Tendrías que haber terminado —dijo el rey—
"Wann hast du angefangen?"
—¿Cuándo empezaste?
Der Hutmacher schaute sich den Märzhasen an
El sombrerero miró a la liebre de marcha
Der Märzhase war ihm in den Hof gefolgt
La Liebre de Marzo lo había seguido hasta el patio

Er war Arm in Arm mit dem Siebenschläfer gegangen
Había caminado del brazo del lirón
»Ich glaube, es war der vierzehnte März«, sagte er
—El catorce de marzo, creo que fue —dijo—
»Geben Sie Ihre Aussage,« sagte der König
—Da tu testimonio —dijo el rey—
"Und sei nicht nervös, sonst lasse ich dich auf der Stelle hinrichten"
"Y no te pongas nervioso, o te haré ejecutar en el acto"
Das schien den Zeugen überhaupt nicht zu ermutigen
Esto no pareció animar en absoluto al testigo
Er rutschte immer wieder von einem Fuß auf den anderen
Seguía moviéndose de un pie al otro
und er sah die Königin unruhig an
Y miró inquieto a la reina
und in seiner Verwirrung biß er ein großes Stück aus seiner Teetasse
Y, en su confusión, mordió un gran trozo de su taza de té
Eigentlich wollte er von seinem Brot und seiner Butter beißen
En realidad, tenía la intención de morder de su pan y mantequilla
In diesem Augenblick fühlte Alice eine sehr merkwürdige Empfindung
Justo en ese momento, Alicia sintió una sensación muy curiosa
Sie fing an, wieder größer zu werden
Empezaba a crecer de nuevo
Der unglückliche Hutmacher ließ seine Teetasse fallen
Al miserable sombrerero se le cayó la taza de té
und das Brot und die Butter fielen zu Boden
y el pan y la mantequilla cayeron al suelo
und er fiel auf die Knie
Y cayó sobre una rodilla
»Ich bin ein armer Mann, Eure Majestät,« begann er
—Soy un pobre hombre, majestad —comenzó—
»Du bist ein sehr schlechter Redner,« sagte der König
—Eres un orador muy malo —dijo el rey—

»Du darfst gehen,« sagte der König
—Puedes irte —dijo el rey—
und der Hutmacher verließ eilig den Hof
Y el sombrerero abandonó apresuradamente el patio
»Rufen Sie den nächsten Zeugen her!« sagte der König
—¡Llama al próximo testigo! —dijo el rey—
Der nächste Zeuge war die Köchin der Herzogin
El siguiente testigo fue el cocinero de la duquesa
Sie trug die Pfefferdose in der Hand
Llevaba la caja de pimienta en la mano
Und die Leute in der Nähe der Tür fingen auf einmal an zu niesen
Y la gente que estaba cerca de la puerta empezó a estornudar de repente
»Geben Sie Ihre Aussage,« sagte der König
—Da tu testimonio —dijo el rey—
»Ich will nichts beweisen,« sagte die Köchin
-No daré ninguna prueba -dijo el cocinero-
Der König sah das weiße Kaninchen ängstlich an
El rey miró ansiosamente al conejo blanco
Und das weiße Kaninchen sprach mit leiser Stimme
Y el conejo blanco habló en voz baja
"Eure Majestät müssen diesen Zeugen ins Kreuzverhör nehmen"
"Su Majestad debe interrogar a este testigo"
»Nun, wenn ich muß, so muß ich,« sagte der König
"Bueno, si debo, debo", dijo el rey
"Woraus bestehen Torten?"
"¿De qué están hechas las tartas?"
»Torten werden meistens aus Pfeffer gemacht«, sagte die Köchin
—Las tartas están hechas de pimienta, en su mayoría —dijo el cocinero—
Einige Minuten lang war der ganze Hof in Verwirrung
Durante algunos minutos, toda la corte estuvo en confusión
Schließlich ließen sie sich alle wieder nieder
Con el tiempo, todos se calmaron de nuevo

Aber da war die Köchin schon verschwunden
Pero para entonces el cocinero había desaparecido
»Macht nichts!« sagte der König
"¡No importa!", dijo el rey
"Rufen Sie den nächsten Zeugen in den Zeugenstand"
"Llamar al estrado al próximo testigo"
Alice beobachtete das weiße Kaninchen, wie es an der Liste herumfummelte
Alicia observó al conejo blanco mientras él repasaba a tientas la lista
Sie können sich vorstellen, wie überrascht sie war, als sie das hörte, was sie als nächstes hörte
Puedes imaginar su sorpresa por lo que escuchó a continuación
Mit lauter schriller kleiner Stimme rief er den Namen »Alice!«
con su vocecita estridente, llamó el nombre de «¡Alicia!»

Alices Beweise
La evidencia de Alicia

»Hier!« rief Alice
-¡Aquí! -exclamó Alicia-
Sie sprang in großer Eile auf
Se levantó de un salto a toda prisa
und sie kippte die Geschworenenloge um
Y volcó el estrado del jurado
und sie warf alle Geschworenen um
y derribó a todos los miembros del jurado
und sie fielen auf die Köpfe der Menge unten
y cayeron sobre las cabezas de la muchedumbre de abajo
Alice war in großer Bestürzung
Alicia estaba muy consternada
»Oh, ich bitte um Verzeihung!« rief sie aus
"¡Oh, le ruego que me perdone!", exclamó
»Der Prozeß kann nicht fortgesetzt werden,« sagte der König
—El juicio no puede continuar —dijo el rey—
"Die Geschworenen müssen wieder an ihre angestammten Plätze zurückkehren"
"Los miembros del jurado deben volver a ocupar su lugar"
Er wiederholte den Befehl mit großem Nachdruck
Repitió la orden con gran énfasis
und er sah Alice streng an
y miró a Alicia con severidad
"Was weißt du über diese Ereignisse?" fragte der König Alice
—¿Qué sabe usted de estos acontecimientos? —preguntó el rey a Alicia
»Ich weiß nichts von der Sache,« sagte Alice
—No sé nada sobre el tema —dijo Alicia—
Dann las der König aus seinem Buch vor
Entonces el rey leyó de su libro
"Regel zweiundvierzig"
"Regla cuarenta y dos"
"Alle Personen, die mehr als eine Meile hoch sind, sollen das Gericht verlassen"

"Todas las personas que tengan más de una milla de altura
deben abandonar el tribunal"
»Ich bin keine Meile hoch,« sagte Alice
—No mido ni una milla de altura —dijo Alicia—
»Fast zwei Meilen hoch,« sagte die Königin
—Casi dos millas de altura —dijo la Reina—

»Nun, ich weigere mich zu gehen,« sagte Alice
—Bueno, me niego a ir —dijo Alicia—
Der König erbleichte
El rey palideció
und er schloß hastig sein Notizbuch
Y cerró apresuradamente su cuaderno de notas
**»Überlegen Sie sich Ihr Urteil«, sagte er zu den
Geschworenen**
"Consideren su veredicto", le dijo al jurado
Er sprach mit leiser, zitternder Stimme
Habló en voz baja y temblorosa

Da sprach das weiße Kaninchen
Entonces habló el conejo blanco
"Es werden noch mehr Beweise kommen"
"Todavía hay más pruebas por venir"
und er sprang in großer Eile auf
Y se levantó de un salto a toda prisa
"Dieses Papier wurde gerade abgeholt"
"Este papel acaba de ser recogido"
"Es scheint ein Brief des Gefangenen zu sein"
"Parece ser una carta escrita por el prisionero"
Er faltete das Papier auseinander, während er sprach
Desdobló el papel mientras hablaba
"Es ist doch kein Brief"
"Al fin y al cabo, no es una carta"
"Was es war, war eine Reihe von Versen"
"Lo que era era un conjunto de versos"
»Bitte, Eure Majestät,« sagte der Spitzbube
—Por favor, majestad —dijo el bribón—
"Ich habe diese Verse nicht geschrieben"
"Yo no escribí esos versos"
"und sie können nicht beweisen, dass ich etwas geschrieben habe"
"y no pueden probar que yo escribí nada"
"Am Ende ist kein Name unterschrieben"
"No hay ningún nombre firmado al final"
Der König sprach mit dem Spitzbuben
El rey le habló a la sota
"Du musst vorgehabt haben, Unheil anzurichten"
"Debes haber tenido la intención de causar algún daño"
"Sonst hättest du wie ein ehrlicher Mann unterschrieben"
"De lo contrario, habrías firmado con tu nombre como un hombre honrado"
Es gab ein allgemeines Händeklatschen
Hubo un aplauso general
Und der König wandte sich an das weiße Kaninchen
Y el rey se volvió hacia el conejo blanco
»Lest die Verse!« befahl er.

—Lee los versos —ordenó—

Es herrschte Totenstille im Gerichtssaal

Hubo un silencio sepulcral en la corte

und das weiße Kaninchen las die Verse vor

Y el conejo blanco leyó los versos

Sie sagten mir, du wärst bei ihr gewesen

Me dijeron que habías estado con ella

Und sie erwähnten mich ihm gegenüber

Y me mencionaron a él

Sie gab mir einen guten Charakter

Ella me dio un buen carácter

Aber sie sagte, ich könne nicht schwimmen

Pero ella dijo que yo no sabía nadar

Er ließ ihnen wissen, dass ich nicht gegangen sei

Les mandó decir que yo no había ido

Wir wissen, dass es wahr ist

Sabemos que es verdad

Wenn sie die Sache vorantreiben sollte, was würde aus dir werden?

Si ella insistiera en el asunto, ¿qué sería de ti?

Ich gab ihr einen, sie gaben ihm zwei

Yo le di uno, ellos le dieron dos

Du hast uns drei oder mehr gegeben

Nos diste tres o más

Sie sind alle von ihm zu dir zurückgekehrt

Todos volvieron de él a ti

obwohl sie vorher meine waren

aunque antes eran míos

Wenn ich oder sie die Chance haben sollte,

Si yo o ella tuviéramos la oportunidad de serlo

Wenn ich oder sie in diese Affäre verwickelt wäre

Si yo o ella estuviéramos involucrados en este asunto

Er vertraut auf dich, dass du sie befreien wirst

Él confía en ti para liberarlos

Genau so wie wir waren

Exactamente como estábamos

Ich hatte den Eindruck, dass Sie

Mi idea era que tú habías sido
Bevor sie diesen Anfall hatte
Antes de que ella tuviera este ataque
Ein Hindernis, das dazwischen kam
Un obstáculo que se interpuso entre
Er und wir und es
A Él, y a nosotros mismos, y a
Lass ihn nicht wissen, dass sie ihr am besten gefallen haben
No le dejes saber que a ella le gustaban más
Denn dies muss für immer ein Geheimnis bleiben, das vor allen anderen verborgen bleibt
Porque esto debe ser para siempre un secreto, guardado de todos los demás
Dieses Geheimnis muss ein Geheimnis zwischen dir und mir bleiben
Este secreto debe seguir siendo un secreto entre tú y yo
Der König war sehr beeindruckt
El rey quedó muy impresionado
"Das ist das wichtigste Beweisstück, das wir bisher gehört haben"
"Esa es la prueba más importante que hemos escuchado hasta ahora"
»Ich glaube nicht, daß diese Verse auch nur ein Atom Bedeutung haben,« wandte Alice ein
—No creo que esos versos tengan un átomo de significado — objetó Alicia—
der König hatte seine eigene Meinung zu dieser Angelegenheit
el rey tenía su propia opinión al respecto
"Wenn diese Worte keinen Sinn haben, erspart das eine Menge Ärger"
"Si no hay significado en esas palabras, eso salva un mundo de problemas"
"Dann brauchen wir nicht zu versuchen, den Sinn zu finden"
"Entonces no necesitamos tratar de encontrar el significado"
"Lassen Sie die Geschworenen über ihr Urteil nachdenken"

"Que el jurado considere su veredicto"
»Nein, nein!« sagte die Königin
-¡No, no! -dijo la reina-
"Erst die Verurteilung, dann das Urteil"
"Primero la sentencia y después el veredicto"
"Zeug und Unsinn!" sagte Alice laut
-¡Tonterías y tonterías! -exclamó Alicia en voz alta-
"Wie dumm ist es, den Angeklagten zuerst zu verurteilen!"
"¡Qué tontería es sentenciar al acusado primero!"

»Schweige!« sagte die Königin und färbte sich violett an
—¡Cállate la lengua! —dijo la reina, poniéndose morada—
"Ich werde nicht den Mund halten!" sagte Alice
-¡No me callaré! -exclamó Alicia-
schrie die Königin aus voller Kehle
—gritó la Reina a voz en cuello—
"Hack ihr den Kopf ab!"
"¡Córtale la cabeza!"

Niemand machte eine Bewegung

Nadie hizo un movimiento

"Wen kümmert es, was du sagst?" sagte Alice

-¿A quién le importa lo que digas? -dijo Alicia-

Zu diesem Zeitpunkt war sie bereits zu ihrer vollen Größe herangewachsen

Para entonces ya había crecido hasta alcanzar su tamaño completo

"Du bist nichts als ein Kartenspiel!"

"¡No eres más que un mazo de cartas!"

Bei diesen Worten hoben sich alle Karten in die Luft

Al oír esto, todas las cartas se alzaron en el aire

und alle Karten flogen auf sie herab

Y todas las cartas cayeron volando sobre ella

Sie stieß einen kleinen Schrei aus

Ella dio un pequeño grito

Sie war halb erschrocken, aber auch wütend

Estaba medio asustada, pero también enojada

Und sie versuchte, sich gegen die Karten zu wehren

Y trató de quitarse las cartas de encima

Und dann fand sie sich auf der Grasbank liegend

Y entonces se encontró tendida en el banco de hierba

Ihr Kopf lag im Schoß ihrer Schwester

Su cabeza estaba en el regazo de su hermana

Einige abgestorbene Blätter waren auf ihrem Gesicht gelandet

Algunas hojas muertas habían caído en su cara

und ihre Schwester wischte vorsichtig die Blätter weg

Y su hermana estaba cepillando suavemente las hojas

»Wach auf, liebe Alice!« sagte die Schwester

-¡Despierta, querida Alicia! -dijo su hermana-

"Was für einen langen Schlaf hast du gehabt!"

—¡Qué sueño tan largo has tenido!

"Oh, ich habe so einen merkwürdigen Traum gehabt!" sagte Alice

-¡Oh, he tenido un sueño tan curioso! -exclamó Alicia-

Und sie erzählte ihrer Schwester alles, woran sie sich

erinnern konnte
Y le contó a su hermana todo lo que podía recordar
all die seltsamen Abenteuer, von denen Sie gerade gelesen haben
todas las extrañas aventuras sobre las que acabas de leer
Alice stand auf und rannte davon
Alicia se levantó y salió corriendo
Und während sie lief, dachte sie an ihren Traum
Y pensó, mientras corría, en su sueño
"Was für ein wunderbarer Traum das gewesen war!"
—¡Qué sueño tan maravilloso había sido!

www.ingramcontent.com/pod-product-compliance
Lightning Source LLC
Chambersburg PA
CBHW011045190726
48290CB00011B/3007